The Invention of Dr Cak

ANDREW MOTION

創り出された
医師ケーキの話

アンドルー・モーション

伊木和子 訳

南雲堂

First published in 2003 by Faber and Faber Limited

アラン・ホーリングハーストに

あの不思議な幻想に浸って
わたしがみた白昼夢の主旨はこれだった。

シェリー「生の凱旋」41–42行

日本の読者の皆様へ

日本の読者の皆様にご挨拶させていただける機会をもつことができまして嬉しく思います。また日本の皆様にこの本を紹介して下さる翻訳者に御礼を申し上げます。この物語は事実とファンタジーを混ぜ合わせたものです。詩人ジョン・キーツが生き延びた場合の生活を想像して描いており、全ては（明白に）創り出されたものです。しかし、わたしたちは特定の場所（わたしが育ったイギリスのエセックスという州）で、特定の仕事（医師）をしていて、しかも偽名（ケーキというのはキーツという名の古めかしい変形なのですが）を使っているキーツに出会うのです。わたしがこの本を書くのを楽しんだのと同じように、読者の皆様がこの小説を楽しんで下さるようにと希望いたしております。

アンドルー・モーション

二〇〇四年二月

目次

創り出された医師ケーキの話

まえがき

ワーズワスがどこかで言っている。自分は確かに想像力には恵まれているが、創出力のほうはあまりない人間に思えると。つまり、既存の物語を理解し、処理するすべは心得ているのだけれども、無から有を生むのはあまり得意でないと。

この言葉は、わたしがなぜ好んで伝記を書くのかを考えるとき、よく心に浮かんでくる。伝記の場合、ありがたいことに、すでに物語が存在している。物語は書くための資料であることは言うまでもない。それをまとめるために何時間も図書館で調べたり、話し合ったり、さらには、世界中を旅行することさえ必要となるかも知れない。だが、当然ながら、物語は本来すでに存在しているものなのだ——それは、ロードマップ、基本計画、碁盤目のようなものとなって、わたしの考えや解釈の基礎になる。別な言い方をすれば、伝記を書くのをわたしが好むのは、それが釣り合わせの作業であるからだ。既知のことと未知のこと、つまり、真実と推量とを混ぜ合わせていくわけである。

しかし、どんな釣り合わせの作業も、永遠に持続させるのは不可能だ。人間は誰でも、不断のくり返しではなく、新奇さと変化を強く求める虫を脳中にもっている。わたしも例外ではない。十五年以上も正統的な伝記を——誕生から始め死で終わるように——書いてきたが、その過程にも、ある程度その結果にも、苛立ちを覚えるようになった。人間とは、伝記に示唆されているより、常にもっと中途半端な存在ではなかろうか。人生経験と成し遂げられた業績との関係も、やはり、もっと曖昧なものではないのだろうか。伝統的な伝記作成の方法（公文書相手の長時間にわたる探偵的仕事）に頼るならば、くり返し同じ主題に引きもどされ、他のテーマは放置するか脚注にまかせて興味を殺《そ》ぐ結果になってしまうのである。

最近、わたしは別の方法を探すことにした。六、七年前ジョン・キーツの伝記を書いていたとき、彼方にちらとトーマス・グリフィス・ウエインライトの不気味な姿が浮かんだ。画家であり、当時知れ渡っていた殺人犯であるが、その後は忘れ去られた人物だ。わたしは次ぎに彼をとり上げることにした。一風変わった人間だし、現存の資料もあまりなかったので、わたし自身が適当に工夫操作する余地が十二分にあると考えたためだ。ウエインライトは創出力と想像力の新しい関係を生み出すように励ましてくれるのではないかと感じたのである。

四年前にその結果が出版された。だが、すぐにわかったのは、さらにもっとやってみる必要があるということだった。ウエインライトでさえ、わたしの心の中にある秘密ということにかかわるすべての質問に応じてはくれなかったのである。それにこの仕事の最中に、人生と芸術との関係についてのわたしの考え方をさらに前進させてくれる他の人物を見出したのだった。彼の名はウイリアム・テイバーである。

テイバーはウエインライトをよくは知らなかった。彼らは一八二〇年代後半に二、三度夕食を共にしたと言うだけである。だがウエインライトに関する確実な事実は非常に少なかったためもあって、わたしはこの接触を調べてみる必要を感じたのだった。そしてやがて、王立外科大学の図書館に足を運ぶにいたった。ここにはテイバーが一八五〇年に死んだ直後に委託された書類が収められていたのである。その書類を綿密に読んでいくうちに、テイバーの話にともなう真の魅力は、彼自身にあるのではなく、彼が出会った人物、医師ジョン・ケーキとかいう男にあることがわかった。

しかし、ここで話を元に戻さねばならない。ウイリアム・テイバーとは何者か。ロマン主義作家の熱愛者たちは、彼が医療改革運動にたずさわった医者であると聞いたことがあるかも知れない。詩文選の読者たちは、僅かながら彼の詩を見つけるだろう。伝記ファンは彼がチャールズ・ラムと親しかったことや、一八三二年の或る冬の日の午後、ハイゲートでコウルリッジと握手をしたことを知るだろう。だが、それ以外では、彼は忘れられた存在である。彼が賢い人間であったことは明らかだが、蛤のように口が堅く慎重であったことも明らかだ。多分それゆえにこそ、彼はよき医者、よき友であり得たのだろう。

従って、テイバーの身の上話は単純であるにもかかわらず、捉えどころが少ないのだ。彼の父親は建築家で（やはりウイリアムという名のスコットランド人）、スコットランド南東部の低地地方にあるファンタジーという感動的な名を持つ農園に生まれた。一七九〇年代に仕事を求めて南方に移住。ロンドンの北のはずれにある村フィンチリーに身を落ちつけた。この村には当時ロンドンで働きながら田園で家族を養う利点を理解し始めた裕福な人々の家が建ちはじめていた。

息子ウイリアムの子供時代についてはほとんど知られていない。ただ彼は一八〇二年六月二十六日生まれで、フィンチリーの村の学校に行き、やがて、その土地の薬剤師のもとに弟子入りし、エディンバラで医者になるべく修業したことだけはわかっている。エディンバラのどこに住んでいたのか不明であるが、恐らく父親の親戚の世話にでもなっていたのであろう。それから、彼は当時一体どういう人物だったのかも、わかっていない。まずは勤勉で現実的、しかも法律遵守の男だったに違いないと仮定し、まさにこうした性格のために、公の記録には残らなかったのだろうと悟る以外に道はない。

テイバーは一八三〇年に医師の資格をとり、ただちに、フィンチリーでただ一人の開業医となった（十年前に亡くなった父親の遺産が役立ったのである）。彼は母親と住むべく帰郷し、子供時代から慣れ親しんだ家で開業したのだ。ここでようやく、彼の生活の輪郭が明らかになる。その家の一部は今も残っているからである。ひっきりなしに往来する馬車などの地響きがする大通りを見下ろす灰色の石造りファサード、窓と玄関の扉をとり囲んでいる煉瓦の綺麗な模様、加えてその扉の両側には壁がん(1)もあり、かつてはそこに彫像があったのかも知れない。こうした軽重のとり合わせは典型的なテイバー流儀である。だがそれは、彼に関する他の多くのことと同じく、人を惑わせ易い。一九四〇年に裏通りに落ちた爆弾が、この正面の壁を除いてすべてを破壊し、テイバーが薬剤師用の「調合台」を置いていた離れ家も灰燼に帰した。

テイバー自身は捉えどころの少ない人間かも知れないが、彼が仕事上、どんなことに苦労したかは想像に難くない。肺が全滅するまで咳をし続ける肺結核患者の絶え間ない列、手足を切られたり押し潰されたり串刺しのようにされたりして畑や野から荷馬車で運ばれてくる労働者たち、母親に抱かれて泣き叫ぶ病気の子供たち。これほどは深刻でない場合すら、恐ろしく気の滅入るものだったに違いない。つまり、連日何人かの胃病患者と風邪引き患者あるいは神経衰弱や憂鬱症の人々への回診、さらに皆が効かないとわかっている丸薬の支給。テイバーは医療改革期を生き抜いた人である。しかし、彼の医術はほとんどの場合、依然としてきわめて原始的だった。当時の他のすべての医者と同じように、彼は何度となく、ただ諦めるしかありませんよ、との診断を下していたのだ。

そのためにやるせない思いをしていたとしても、彼は何も言わなかった。ただ落胆を再生利用して勤勉に変えていた――そして自負心維持にも。フィンチリーに住んでいる間ずっと、彼は往診・宅診の日誌をつけていた。この日誌帳は（全部で二十四冊ほど）、王立外科大学にある彼の公文書の大部分となっているが、ロマン主義時代における一医師の日常を綴る驚くほど完璧な記録である。それらは、テイバーがいかに友人たちや隣人たちの生活改善だけでなく、国民全体の健康改善を望んでいたかを示している。彼はヴィクトリア朝人特有の恐るべきエネルギーを爆発させて、その実現に邁進した。その努力の最たるものが『田舎の貧しい人々の健康および現状の概観』

（一八四六）という著書である。この巨大な概説書は出版当時非常に称賛され、しばらくの間は病気と治療の手引きとして人気があった。ただ今日では、好奇心の種になるものに過ぎないかも知れないが、それでもなおテイバーについて語っている――どんなに彼が潔癖で自制心の強い男であったかを。

彼ほどの聖人君子でも楽しみがなかったわけではなく、自身で決めた限定的な方法で楽しい思いをした。つまり、他の二十数人の男性たちが女性に言い寄りに出掛けたり、当時フィンチリーの周辺でまだ盛んだった田園での女遊びに興じたりしているときに、彼はロンドンに向かい、もっと地味な楽しみかたを選んだ。この時期に彼が詩作をしたかどうかはわからない。したとしても、原稿は残っていない。だが一八三〇年までに、彼がすでにラムと親しかったことは確かである。きっと『ロンドン・マガジン』(2)に寄稿したために、編集者がテイバーという男に興味を感じて面会を求め、さらに他の人たちにも紹介した結果であろう。

テイバーは詩の中であまり自分をさらけ出さない。事実、彼の二つの詩集のうち、ただ『詩集』（一八二九）と題される最初のものは、ビスケットのように乾いた調子で書かれており、確実に禁欲的である。現存の手稿はなく（あれば作詩のさいの彼の頭脳の働きがわかったであろうに）、F・H・グリーンが一九一三年に編纂した詩集のために用いた唯一の清書の写しが存在するだけである。つまりこの作品は中途半端で、魂と肉体とが分離しているという感じがする。だが、ある意味で、作品の起源は全く明白である。『詩集』が書かれたのは、鋭い目、よい耳、それから自分よりもっと優れた才能――ワーズワス――に圧倒された頭脳、の持ち主がいたためというわけだ。ほとんど各ページで、カンブリア(3)出身の放浪者か、家のない兵士が、フィンチリー周辺の路地をさまよいながら、自分の運命について哲学的瞑想にふけっている。彼らは依然として、湖水地方の（非常に素朴な）言葉遣いとロマン派初期の詩形（大抵はバラッド）を使用している。そして彼らが考え込んでいる姿と周囲の状況との間に見られる矛盾は、率直に言ってしばしば馬鹿げている。テイバーがどれほど一生懸命やっても、フィンチリーの公有地草原を、颪すさぶ山のような感じにすることはできないのである。

しかし同時に、『詩集』に好意的にならざるを得ない要素もある。例えば、これらの詩は大抵のロマン派の二流作品よりも技巧的に優れている。テイバーは物語を、いかに進めて行き、どこで終わらせるべきか心得ているのだ。それに物語の深刻さには胸をつかれるものがある。恐らく医者としての生活と無関係ではあるまいが。詩の中で自分の職業と向き合うことは一度もなく、患者や治療について描写することも決してなかったけれども、彼の道徳的意見には印象に残る厳粛さがある。一例は「行商人」の次の最終行である。

かくてわたしは真実を
末期《まつご》の息もて語るに至る。
「生」を求めて人生送り
死をば見出すのみなりと。

『詩集』が世に出てから二十一年後、彼の死の一ヵ月前に、二番目のそして最後の詩集『ハイペリオンおよび他の詩篇』が出版された。数少ない彼の批評家たちは、この空白を「沈黙期」と普通言うけれども、これは誤解を招きやすい。『ロンドン・マガジン』は彼を二度取り上げただけかも知れないが、同誌が発行停止になったとき、彼は直ちに他のもっと専門的な幾つかの雑誌に寄稿先を見つけたのだった。事実、彼が何かを出版しないまま、一年が経ったことはほとんどない。つまり、田舎の貧困の一面とその健康への影響についての記事、随筆、編集者への長い手紙などを書いていたのである。一八三二年の選挙法改正と穀物法の廃止運動(4)は、とくに彼を熱狂的な活動へと駆り立てた。一八三三年だけで彼は六篇の長文記事、つまり十五万語を書いたが、その一行一行には善意が詰め込まれていた。もっと多くの病院とか、新しく衛生的な病棟とかの計画を出したり、よくある手術(例えば手足の切断)の再検討をしたり、憂鬱の研究もあった。さらに、肺結核患者に対する彼の新しい治療法の勧告は、五十数年後のコッホによる一大発見(5)を予測させるものでさえあった。

テイバーの医学的著述量の膨大さは、なぜ彼がもっと多くの詩を生み出す時間はおろか、私生活の面での余裕をほとんどもたなかったか、を理解させてくれるのに参考となる。彼の最初の『詩集』には父親「W・G・T」に捧げたしかつめらしい挽歌があるが、それによると、父ウイリアムは、〝この変転する地上における人生が／愛に十分包まれていたことを／まさに示したのである〟。この本に含まれる他の「私的」な抒情詩も同じように打ち解けない感じがする。つまり、それらの詩は誰か特別な人に捧げられたのではなく、「美」という人為的理念に対して語りかけているものなのである。これは別に、テイバーが女性と親密な接触を持ったことなど決してないからというのではない。ただ、彼の生涯のそういった面については何もわかっていないのだ。彼は一度も結婚しなかったし、友人たちの日記や書簡（フィンチリーの隣人レディー・エリザベス・カーマイケルの日誌も含む）に現れてくる彼は、常に医者という職業の厳格な代表者なのである。

このことすべては、彼の第二の詩集を謎めいたものにする。初期の詩篇が、ほとんど血が通っていないと思われるほど渋いものであるのに反して、後期の詩篇は、ちょうど逆に豊潤でキーツ的である。もっとも詩集の題名から予想できることかも知れないが。テイバーの敵は（もし無関心を一種の敵意とみなすなら、彼には友人より敵のほうが多かった）彼をいかさまと呼んだ。格下げのチャタートン、くわせもの、ロマン派の第一世代から第二世代への転向者と。敵たちは、テイバーの「ハイペリオン」がキーツ自身の同じ題名の詩の中断個所――「死の冷たき苦痛と同じ熱き苦痛を伴う」アポロの出現――から始まることに注目しない。あるいはまた、ハイペリオンの物語がキーツ以外の他の数人のロマン派の詩人、例えばバリー・コンウォール、によっても、とり上げられたことに注目しない。要するに、テイバーの批評家たちにとって、彼は単にコックニーの天才（キーツ）の分枝に過ぎないのだ。そしてその作品は寄生虫的である。

事実、この詩集をめぐっては、少なくとも二つの興味深い事柄が存在する。他の事はさておき、まず詩集は、キーツ的文体――豪奢で、ヴェルヴェットのようで、恍惚感を誘うもの――が如何にキーツ自身の死後に残ったかを示している。キーツが死んでわずか九年後、一八三〇年に出版されたテニスンの第一詩集がこの点を証明するのだ。作品はちょうど同じように華麗な文体で、キーツを嘲った同じ人たちによって、時には非常に似た言葉で罵られた。（「飢えた詩人になるよりは飢えた薬剤師になるほうが、まだましだし、気がきいている。だから店に戻りたまえ、ジョン君、〈膏薬と丸薬と軟膏の薬箱〉に、などなど」と、一批評家はキーツに言ったのだった。）だが、テニスンはこの嵐を切り抜け、「ティソウナス」や「ユリシーズ」のような英雄物語詩へと向かうにつれ、ヴィクトリア朝初期の詩がもつ真の親しみ易い調子を奏でるようになった――キーツより朗々とはしているが、それゆえにやや単調で、しかしやはり似ている。

次に、テイバーの詩自体がある。彼の「ハイペリオン」の最良の個所はかなりよく知られている。氷の破片が「琥珀色の光の中で消された花びらのように」サターンの髪の毛に止まる。薔薇は「その効果に満足するかのごとく／香りを発散させている」。アポロが古代の神々を打ち負かし、「全空に鳴り響き／鳥を沈黙させる／心広がる大音声」を発するその瞬間。以上のような細部の記述は「ことごとくの裂け目に黄金を詰めなさい」というキーツがシェリーに与えた忠告を思い出させるが、それは各ページに見られるのである。しかも「ハイペリオン」だけでなく「ポモーナへの讃歌」、ペネロペの物語詩、それに「狂乱のオルランド」からの翻訳抜粋詩にもあてはまるものなのである。(6)

以上がテイバーの提供するすべてであったとしても、恐らく歴史上に小さな跡ぐらいは残すに足りるものだったであろう。ところが他にまだあるのだ。ちょうどキーツが何時も詩の中で、愉しみと苦しみを釣り合わせていたように（「ナイティンゲールへの賦」における不滅の小鳥と死に行く「若者」）、テイバーも同じことをした。彼の詩は美しいが悲しみに満ちていた。奇怪な「レテ河への賦」がよい例である。各スタンザには、奇麗な細部が詰め込まれていたけれど――葦の茂る川岸、苔の生えた大丸石、川の支流の翡翠《かわせみ》――それにも拘わらずテイバーは明らかにこの詩が苦難についての瞑想として読まれることを望んだのだった。そのために四つの修辞的問いかけで詩は終わる（キーツの「ギリシアの壷の賦」をこだましながら）。

どんな美が、わたしを誘惑し生へ連れ戻すのか。
どんな顔が。どんな優しく上げられた手が。
どんな光射す闇が、この近寄る死の暗い岸辺を遠ざけて。

テイバーがここで答えを求めている質問は、すべてのロマン派の詩の基礎となる質問である。自己の価値とは何か。苦痛は人格を良くするのか、悪くするのか。愛は死を威圧できるのか。そして最後だが最小ではない問いは、芸術家は自分の物語がどんな結末になるかを知りつつも芸術への信仰を維持しうるのか。テイバー自身にとって答えは明らかに「否」であった。『ハイペリオンおよび他の詩篇』中の最後の詩、つまり十二行の「別れ」において、彼は自分の作品が価値のない「塵芥」に帰するだろうと告げている。大抵の作家は、そのようなことを言うと不自然な感じを与えてしまう。彼らが自己卑下に本気でないか、他人が否定するのを期待しているのがわかるためである。ところがテイバーの場合には、そのような不誠実さはない。で、「別れ」の抒情詩は彼の最良の詩の一つとなり、彼の誠実さを確かなものとしている。人情味のある医者は、どうやら、節操のある詩人と同一人物らしい。

どうやら、と言った。だが、まだ重大な質問が残されている。テイバーの後期における、突然の官能性爆発はどうしたことか。何に由来するのか。答えを見つけるには、テイバーその人に戻らねばならなかろう。つまり、一度も書かれたことがなく、今後も多分書かれることのありえない（彼に関する知識には大きな埋めがたい空白があるので）、彼の伝記に戻らねばならなかろう。ところが伝記の代わりに、鉛筆で書かれたデッサン（一八四三年作、無署名）があるだけなのである。この素描が見つかったのは一九三七年で、G・M・ホウキンズが『田舎の貧しい人々の健康および現状の概観』についての記事を準備している最中だった（記事はやがて『イギリス医学雑誌』第五十六巻三号に掲載された）が、明らかに矛盾に満ちた人柄を示そうと意図された線画だった。テイバーは蔦に覆われた壁の側で、折りたたみ式の木製の椅子に腰掛けている。チャコールグレーのフランネルの背広を着ているが、上着の袖付けのところは皺になっている。ヴェストには懐中時計の鎖が光っており、ズボンは右足と組んだ左足の膝から下が膨らんでいる。編み上げ靴は磨かれており、しなやかな感じで足首まで紐で締められている。蝶ネクタイは、大きな水玉模様である。

そして顔は。顔は少し線がぞんざいになっている。まるでその時、彼が辛抱できなくなって、画家に顔の仕上げを急がせたかのようだ。がっしりした四角い頭をしており、薄茶色の髪の毛は中央に分け目をつけて、整髪油で後ろに撫でつけられ、衿元まで下がっている。大きな落ち着いた目、厚い唇の女性的な口、鼻の右には小さなほくろか、ことによると紙のしみがあり、鼻自体はわし鼻で強硬派的だ。全体の印象が逆説的である。厳格でありながら快楽趣味的、控え目でありながら欲望、ほとんど貪欲、の感じを発散させているもの、なのである。

テイバーは、同時代の人々の骨相学に対する興味にほとんど関心がなかった。一八四二年に彼は次のように書いていた。「われわれ自体を作るのは、外見ではなくて自身内部の健康である。健康は当然、世間に向ける顔に現われるかも知れない。だが、目付きがどうだとか、額が広いとかで、われわれが一定の人格に運命づけられていると想定するのは、基本的な自由をわれわれに否定するものである」。こうした意見にも拘わらず、彼の顔は多くのことを語っている――率直と隠し立て、罪の意識と快楽、愛想の好さと利己心、といったものの微妙な混合を、である。

以上の記述は、適当に遠回りをしながら、謎の医師ケーキとテイバーの友情物語へとわれわれを導く。二人が最初に会ったのは、テイバーが『田舎の貧しい人々の健康および現状の概観』を執筆中であった。ちょうどその時、テイバーは、同じ関心をもつ他の医者たちの意見を聞かせてもらうことで、個別事例史を確かにしようとしていたのであった。彼は規則的にフィンチリー、そして時には重ねて遠方、の同僚の意見を引用していた。例えば、エンフィールドのリデルとかいう医者は、患者の胸に豚の肝臓を当てて置けば腸チフスを直せると考えたとか。ハリンゲイのウォーナーとかいう医者はまた、スカンボの葉で作った粥を包帯の中に薄く塗り入れると、骨の具合が早く良くなると考えたとか。そしてエセックス北部のケーキという医師は、啓発された信念の持ち主で、苦痛に対する思いやりは、場合によっては戸棚一杯の薬と同じ位の効果をもたらしがちだと信じていたとか。

一般的に言って、情報を提供し、難しい個所の解説をするのが「まえがき」の役目である。しかしすでに述べたように、この本は正統派の伝記ではなく、創出力と想像力を釣り合わせた物語なのである。そのような場合、医師ケーキはほとんど常に、自分で話しをするのに任せておくべきであろう——あるいは少なくとも、テイバーが出会ったときの状態で、物語に登場すべきである。ケーキの生涯の公然の事実は簡単に述べられる。彼は一七九五年に生まれ、テイバーと同じように医者となるべく修業した（ただしロンドンにおいてであってエディンバラではない）。一八三〇年代の初めエセックスとサフォークの境にあるウッドハム村で、ただ一人の開業医になった。生涯を終えるまでこの村にとどまり、規則的に医学雑誌に寄稿し（それが縁でテイバーと知り合うのだが）、家政婦のライリー夫人と一緒に、静かで孤独な生活をしていた。一八四四年没。簡単に述べられないのは、こうした公然の事実の背後の物語である――つまり並外れていて、同時に捉えにくい物語である。別の言い方をすれば、医師ケーキに関してわれわれが知っていることすべては、この「まえがき」に続く各章に含まれている追想記から明らかになってくるものなのである。彼に関する不可思議さのすべても、やはりそれらの追想記に暗示されているのである。

第1章

ジョン・ケーキは一八四四年八月十七日に死亡し、一週間後、エセックスのウッドハム村にある聖マリア教会の墓地に埋葬された。しばらくして、ウイリアム・テイバーは地方紙『メッセンジャー』に追悼文を書いた。その新聞は一八三二年から一八五一年までの間、ウッドハムに近いハルステッドで発行されていた。同じ頃テイバーは、それほどの義務感からではなく、明らかに自分の保存用に個人的な葬儀の記録も綴っておいた。これらの二つの書類は、王立外科大学の公文書の中に一緒に綴じ合わされている。

一八四四年八月二十七日付け『メッセンジャー』紙より

その人生が或る共同体にとって貴重なものであった人の死は常に痛恨事であり、共同体が小規模のとき、死による喪失はことさら痛切なものに思われる。八月十七日の死後、先週の木曜日にウッドハムの聖マリア教会で葬儀がとり行われた医師ジョン・ケーキは、彼を知る者すべてによりその死を悼まれるであろう。苦しみのときの医師として、悩みのときの賢明な忠告者として、安らぎのときの友として、医師ケーキのごとき人物は他にほとんど例がない。彼が都市の喧噪から離れて、ひっそりと暮らすのを好んだ事実は、彼の同情心に限界を定めるものではなかった。彼は、なす事すべてにおいて、最も広い同情心をもつ人間であることを示していた。

ジョン・ケーキは一七九五年にロンドンに生まれ、初等教育を市立学校で受けた。その後サザックにあるガイ病院において医学の勉強に従事した。医学の勉強を終了したとき、遺産を受け継ぎ、独立した開業医院を創設することができた。

しかしながら、この開業医院は直ぐには発展しなかった。現在に比べると遥かに一般的だった当時の風潮に従って、医師ケーキはヨーロッパ大陸に旅行した。そこで古典世界の美に接したいと思ったわけであるが、さらなる目的は近代的医師たちによる発見、およびヨーロッパ大陸の人々の現状、を知ることだった。ローマ滞在中、彼はその頃のいわゆるイギリス人社会のメンバーたち――殊にフェルディナンド王(7)の打倒と封じ込めの支持を表明する人たち――と知り合いになった。フェルディナンド王は、当時ナポリとシシリアの両王国を統治していた。医師ケーキは、七年もの間イギリスに戻らなかった。

知人たちの記憶によれば、医師ケーキのその後の進路決定は、生涯のこの旅行期間に見た光景、および深められた信条、にその原因がある、とのことである。それらの光景や信条は、彼が並外れた献身の人となるのに十分役に立ったのである。彼は開業医院をロンドンからエセックス州とサフォーク州の境にあるウッドハム村に移して田舎を自分の住処《すみか》とし、その隣人たちを憐れみと心配の対象にした。それ以上の名声を求めることはなかった。ただ仕事の関係上知りえた発見事項の報告書を時おり出版し、興味を共有する人々との連絡を維持するだけだった。

医師ケーキは世の中に身を捧げていたけれども、本来は引きこもりがちの習慣をもつ人であった。結婚はしなかった。彼の家の庭と温室には、患者に対する愛情に匹敵する或る情熱の証拠が見られよう。つまり蘭と他の外来植物の収集である。これらの無言の遺物は彼の人柄の永続的な証しであり、すべての自然が彼の注目に応えた印でもある。彼を称える記念碑が建てられるように、とすでに提案されている。そのための寄付は歓迎されるので、聖マリア教会の牧師R・L・フィリップ師へ宛ていただきたい。

テイバーのもっとくだけた調子の追想記は、手書き文がぎっしり詰まったページが十二枚にもおよぶものである。彼の字は欠点のない非個性的で鮮明な書体で始まるが、直ぐに形が崩れ平たい走り書きに転じる。最初のページには「J・Cの葬儀覚え書き」という題名があり、本文には二、三行のメモが次のように前置きとして付けられている。

ロンドンからの旅 ― 天候 ― Wに戻る ― 葬儀 ― 追悼者たち ― AR との会話 ― 邸宅訪問? ― 帰途

ただ、わたし自身の関心を満足させたいという理由から、ジョン・ケーキの葬儀の追想記を書き始めることにしよう。多分追想の記録は、考慮中の一層大きな著作に取りかかるようなことがあれば、将来なんらかの役に立つであろう。また、仮にそのようなことがなくても、この仕事はわずかな時を要するにすぎないのであるから、その間は彼の傍らにいた、という喜びを味わわせてくれるだけでも十分有り難い。

わたしはすでに他の場所で、医師ケーキとどのようにして初めて知り合いになったかを述べたので、わたしたちのその後の会話や、わたし自身が抱く疑念には今言及しない。ただ墓地で目撃した明白な事実(8)だけはいずれ提供しよう。ウッドハムでの教会の礼拝は、正午に始められるように準備されたというので、わたしは前夜フィンチリーの自宅を出てロンドンのシティ東部のホテルに泊まり、シティからは都合よくエセックスまで列車に乗って行ける、という十全の策を講じた。列車に乗ったのは朝の九時頃だった。単調な旅の後、ウィタムという小さな町に着いた。ただ厄介だったのはスーツケースをもっていたことで、それには色々思案した挙げ句の葬儀用衣服が詰め込まれていた。

ロンドンを出たとき空は灰色だったが、ウィタムで馬車に乗り、御者に田園を横切って行くように命じた頃には、明るい太陽の光が柔らかく周囲を照らしていた。葬儀、殊に医師ケーキのような秋色に富む人物のためのもの、にはひどく不似合いな日だった。馬車は駅からがたがた揺れながら走り出したが、町の市場は発展しており、通りは（町の中心付近だけは、幅広くなっていて気持ちよかったけれど）、ものを売るために畑からやってきた男たちや屋台でごった返していた。羊の群れが十五分以上も馬車を止めてしまったが、羊たちは異常に知覚力があって、死そのものを遅らせようと意図したかのように、交通を遮《さえぎ》ったのだった。

町を抜けたとき見慣れた街道に来たが、見慣れ過ぎていて退屈というほどではなかった。フォークボーンに近づいたとき、市庁舎からの眺めをよくするために最近とり壊し、潰された小屋々々の様子に気づいた。（その市庁舎は新しく建てられたエリザベス朝風の奇怪な大建築物で、今朝列車に乗ったロンドンの駅に似ていた。）(9) 少し進んで、シルバーエンドに来ると、一人の母親が壊れかかった手押し車に幼児を乗せて現れた。その手押し車にはまた衣類、鍋、箱などが一緒くたになって積み上げられていた。母親の埃まみれで疲れきった顔と、明らかに精一杯手押し車を押している重労働は、共に深く痛ましさを感じさせるものだった。他の六人もいる子供たちが、大きい子から順々に母親の後を付いていく姿は、親鳥の背後をひょこひょこ歩く家鴨の子を想わせた。わたしは御者に速度を落とすように命じ、どういうわけでこんな旅をしているのか、母親に尋ねようと思った。だが御者は聞こえない振りをし、側を大急ぎで走り過ぎたので、次の角に来て見えなくなるまで、彼女は完全に土埃のかげになってしまった。

やがて耕作地に着いたが、住宅は一軒もないのに大勢の男女が畑で働いていた。収穫にはまだ早過ぎるので、これらの男女のほとんどが、小麦の中の細い道をゆっくり巡回しながら、ケシ、野生カラスムギ、センノウおよび他の邪魔な植物を引き抜いているのだった。時おり低い話し声、一度は陽気な歌声が聞こえてきた。しかしフィンチリー周辺の似た光景を知っている以上、わたしには、農民たちの満足げな様子は幻想なのだとわかっていた。小屋々々の集まりが二、三続く地点に来て、わびしげな扉が薄暗い中へと開いたままになっているところでは、ぼろを着た幼い子供たちが棒きれや屑もので遊んでいた。それを見たとき、わたしの心は再び憐れみですくむ思いがした。この気持ちは、もっと裕福な人の屋敷の門では、一対のグリフィンやライオンなどの動物の像が、その接近道を守っているのを見て、怒りの気持ちと重なり合った。(他の個所で断っておいたように、わたしは金持ちをただ金持ちだというだけの理由で嫌うわけではない。ただ選挙法の改正〈注4参照〉以降も、依然として各地で目にする境遇の相違というものを嘆かざるをえないのだ。)

このようにしてわたしは旅を続け、人間の仕業への腹立ちと大自然の慰安に対する喜びとの間を揺れ動きながら、遂にウッドハム村に到着した。そこでわたしの気持ちの揺れ動きは停止し、その村とそこで最近死亡した医師を一心に考え始めた。都合のよいことに、村は丘の上にあり、丘の麓の周りにはブラックウォーターという怖いような名前をもち、水辺には菖蒲の生える小川が流れていた。馬車は丘を登るためにかなり速度を落とさざるをえなかったし、御者は席から跳び下りて馬を引くことになった。従ってウッドハムには、葬式用の緩歩調で入ったことになる。わたしが上部の席に座っていて目立つのが心苦しくはあったけれども。今、誰も働いていない畑を柵越しに眺め、農夫たちはみなあの医者の先生に別れを告げるための準備をしているのだなと想像した。蜂たちが道に沿って咲くイヌバラの覚束無い花頭の上で蜜を求めて舞う音や、馬の蹄が上り坂を蹴り立てたりする音が聞こえてきた。右手では、一面に黄色い広がりが前景から地平線まで続き、左手では、楡の木の太い帯が教会を隠していたのが不意に終わって、教会が建っている姿がはっきりと視野に入った。つまり、砕《さい》燧《すい》石の壁、慎ましやかな木製の尖塔、一面に雑草の生い茂る墓地である。これらを見、さらに葬儀に伴う悲しみの感覚もあって、わたしは息を飲んだ。どれほど深く死というものに慣れていても、新たな死は常に最初の折りの狼狽を再現するものである。

丘の上に着き見慣れた家々のところへ来ると、家々が静まり返っているのに直ぐ気づいた。窓には人影が全くなかった。普段は女性たちの話題になったり、子供が下に隠れたりするスイートピーやタチアオイの茂みは、眺める人もなく、ほうっておかれていた。教会と同様に砕燧石《さいすい》の壁をした家々の黒と白に光る正面は、不機嫌気《げ》にわたしの眼差しに応えた。このように明瞭な沈鬱の雰囲気の中にあって、わたしは自分が一層目立つ存在に思えたので、御者をせき立てて村はずれにある旅籠まで大通りを走らせた。馬の蹄の音が今異常なほど高く響き、わたしは馬車を下りるまで、膝の上に握った両手以外は何も見なかった。馬車を下り、御者にまた出て来るまで待つように頼むと、旅籠の中に入って、持参した葬儀用の衣服に着替えた。

玄武岩(10)の大柱のように厳然としておごそかな白昼の戸外に出たとき、御者が彼自身と馬のために食べ物を用意してしまっているのに気づいた。で、わたしは教会まで戻るべく静まり返った道を歩き始めた。正午少し前だった。埃の中を注意しながら歩いていくと、教会の尖塔の鐘が鳴り出した。驚くほど深い、満足のいく音。あたかもそれが合図であるかのように、小屋々々の扉がさっと開いて住民たちを送り出し、様々な喪服に身を包んだ人々が、わたしと一緒になって歩き始めた。話をする人はほとんどいなかった。全員が頭を垂れて歩を進めた。そして教会の屋根付き門(小綺麗な赤いタイルの造りで、片側には小開き門もあった）に着く前に二度目の鐘の音が響き、その結果が明らかになった。つまり、医師ケーキの家の方角から、背後の道路に現れたのは、馬車と軽馬車および他の乗り物の一群だった。乗っているのは近隣の人々で、そのような乗り物を使うための財産をもっていた。彼らがやって来る姿がやや上り坂のところに集中しているのを見て、わたしは一瞬、彼らはわれわれに襲いかかる侵略者の集団かと空想した。その想いは直ぐに消えた。というのは、彼らは実際には距離を保ち、われわれが教会で席を見つけられるまで待ち、それから動き出したからである。彼らの真ん中には、一行の上に突き出ている見事な黒い羽毛飾りで際立った霊柩車があった。

わたしは細い小道を教会の北口の扉まで、うやうやしさを保ちながらも早足で進んだ。そこで帽子を取り、内部に見入った。驚きだった。過去数分間の劇的ともいえる混雑のただ中で、わたしは最初に到着した者の一人であるはずなのに、内部の光景からすると、袋小路に入れられた状態になっていたのである。少なくとも座席の三分の二は既に一杯だった。それは感動的であると共に当惑する光景でもあった。座席の各列に押し込まれているのは（何人かは跪《ひざまづ》いているが、ほとんどは無言で座っていて）子供も含めた家族全員、がっしりした体格から労働者と見て取れる日焼けした人たち、それからもっと裕福そうに見える帽子姿がちらほらと。事実、医師ケーキが世話をした村全体が、今彼との別れを悲しんで一つになっているのである。ここに来るべく長い旅をした後に、教会の後ろの方で、葬儀の進行がよく見えないような場所に座らざるをえないのは不満だった。しかしこの気持ちを自認するやいなや、ただ自尊心だけがそうした感情を起こさせたのだと判断した。従って、快く行動している様子を保ちながら（他の遅く来た人々が背後や周囲で押し合っているさなかに）、わたしは前方へと歩を進め、合唱隊や祭壇を部分的に見えなくしている柱の脇に腰を下ろした。

それから、一寸前に道路で垣間見たお偉方の入場が続いた。それ自体は注目してよい光景だったが、フィンチリーの故郷で目にしていた同じような場面と基本的な点でなんら異なるものではなかった。ブラシのかかった立派な喪服姿の尊大な紳士階級の人たち、黒いチュールの波間に浮かぶガリオン船(11)のような奥方たち、あか抜けした子供たち。僅かに一つの細部だけが、一行の中で普段と違うという印象を与えた。

つまり、医師ケーキ家の家政婦ライリー夫人の姿が主要人物たちの間にあり、まるで真に彼らの一員であるかのようだったことだ。ヴェールを被っていたにも拘わらず、極端に蒼白な肌がはっきりとわかった。彼女は誰も見ないようにしているらしかった、そして腰を下ろすやいなや前屈みになり頭を垂れたので、彼女の横顔すら見えなくなってしまった。

そうこうする間中、オルガンがゆっくりと曲がりくねって流れるような調子の旋律を奏でていた。短調の和音の寄せ集め（すべてが予定に入っていたわけではないようだ）によるオルガンのリード管(12)の進行は、ふいごのすさまじい送風音で繰り返し区切りをつけられていた。わたしには探り出せなかった合図により、今オルガンはもっとはっきりと憂愁の感じのする音色を出し始めた。すると会衆は全員起立し、柩は四人の赤ら顔の老人の肩に担がれて、通路を通り、翼廊との十字点まで運ばれた。葬儀には何度となく出席していても、柩を担ぐ人々の歩みを目で追っていくと、何らかの事故が起きて、大切なその重荷を落としはしないかとつい思ってしまうものだ。あるいはまた、知人の柩を見ると、改めて喪失の衝撃を実感するものである。この点で、柩は鏡のようであり、われわれはその中に自身の死の像《すがた》を見て、人間の外観、徳性、財産の違いが遂に問題にならなくなったと悟るのである。

このような幾つかの思いが去来する間に、知り合いだった故人の遺体は一対の台架の上に安置され、担ぎ手たちは薄暗い片隅に退いて、礼拝が始まった。礼拝は皆がよく知っている形式を踏襲したので、何も言うことはない。ただ、牧師のフィリップ師――法衣の襞と膨らみの中に絶えず消えてしまいそうな神経質な人間――が弔辞を述べるさいに、予期しない力強さで語りかけたことだけは指摘したい。会衆たちの微《かす》かなざわめきや、鼻を啜ったり咳払いをしたりする散漫さは完全に止んだ。実を言うと、弔辞自体は平凡なものだったのだ。だが、医師ケーキの人格と職業は、あまりにも重要なものとされていたし、彼の死はあまりにも手痛い損失だったので、会衆たちは皆こぞって床を見つめる以外にすべがなかったのである。

落ち着きを取り戻しながら、西側の窓の中央のパネルに見えるキリストの像に注意を集中した。医師ケーキが、キリストの神性は信じないまま、その徳性は認めていたのを知っていた。今その天上の御顔が、射し込んでは消える光で繰り返し輝くにつれ

（太陽は彼方の空で雲から出たり入ったりせわしなかった）、人間の継続的な善行は、神との関係の如何を問わず、生涯における立派な業績と認めるのが当然と感じた。その日仲間となった会葬者たちを眺め回し、彼らの涙溢れる目を見るにつれ、医師ケーキは本当に、一層高尚な目的を達成したのだと実感した。

　最後の賛美歌は、オルガン奏者が遂に己の不可解な技術に見切りをつけ、会衆に好きなように歌わせたために、それまでの高邁な思考が台無しになってしまった。隣にいた、ぴったり身に付く服を着たヨーマン[13]にも、同様の落胆が見て取れた。彼の左手は、賛美歌の頁をめくるとき、親指の爪に気掛かりになるような、治ったか治らないかの裂傷を見せていた。歌がたどたどしく訳のわからないものになるにつれ、彼は繰り返される間違いに気づいた人なら当然発しそうな、聞こえよがしのうめき声を出した。この勇気にわたしはすっかり肝がすわり、それまでの遠慮がちな態度を捨てる決心をした。で、柩が埋葬のために教会から担ぎ出されたとき、突進して、かぶりつき席（いわゆる）を確保する決心をした。お偉方の幾人かが、彼らの並ぶ列の間を突進するわたしを、横目で睨んでいるのをものともせず、それは成し遂げられた。

医師ケーキのために掘られた墓は墓地の北の端にあり、そこでは地面が赤煉瓦の壁の向こう側で、小川のブラックウォーターまで急傾斜していた。そよ風が谷間の斜面を吹き上がってきて、流れに銀色のさざ波を立たせ、小麦の穂の頭を揺らし、おまけに集まった人たちすべての衣服を微《かす》かに乱した。異なった状況では、素朴な牧歌的光景と見えたかも知れないものだった。が、今それは変遷の感覚に充ちたものだった。遠く彼方で、鉄道列車のすさまじい煙の音が聞こえた。反対側の斜面にある農園では(別の教区に属しているものらしいが)、男性の一団が午後の労働に向かわされるまで木陰で休んでいるのがそれとなく見えた。これらすべてが、医師ケーキの死は村の激変を意味するに違いないという明白な事実と相まって、わたしに確信させた——丘の上の眺めは、もう直ぐ終わろうとしている或る時の流れを、危ういところで一時停止させる効果をもつものであると。普段、われわれはあたふたと生活を送っていて、その一つ一つの節目には気づかないでいるので、境遇の変化を自覚すると、初めてびっくりする。今日わたしは理解したのだ——医師ケーキが地中に埋葬され会葬者たちが散ってしまったとき、この世紀の大きな鉄の機関車は、明らかに異なる速度で、われわれを先へ先へと運んで行くだろうと。それは気の滅入る瞑想であり、あたかも知人に別れを告げることで、わたしが生存の新しい部屋に入ろうとしているかのようだった。

またもや現実の事柄がわたしの思考の邪魔をして思考をぶち壊した。今、柩の担ぎ手たちは墓の上に渡された堅い樫の厚板の上に柩を下ろした。そこで牧師は、われわれが集合したのを見届けると、彼本来の神経質で落ち着きのない態度に戻って、祈祷文の詠唱を始めたのである。ところが、祈祷の言葉の美しさは、恍惚感を覚えさせるものだったので、わたしはやや夢心地になって柩の蓋を見つめた。太陽の光が射し出して、あちこちにきらきらする網目模様を作っており、真鍮の取っ手はまぶしいほどの輝きを放っていた。こうした細部とか、細部に対するわたしの反応とかは何時ものことで、一層ぼんやりとした気分になってしまうのだった。事実、始めて夢心地から覚めたのは、隣の人の肩をよけて少し前屈みになったその時だった。柩の蓋の上部に嵌《は》め込まれた真鍮の板は、完全に空白のままだったのである。

わたしの耳になおも響いていた祈祷の言葉の意味は即座に忘れ去られた。靴の下の草、顔に吹きつける微風、墓地の屋根付き門の側の栗の木のざわめき——これらすべては無となった。間違いは、それ自体では小さなことだった。だがショックである。無名のまま彼岸へ旅立つ・・・間違いの重荷の下で復活を待つ・・・こうした思念は鋭い罪障の意識となり、信仰の問題そのものに関することごとくの疑念と交差して、一瞬わたしを純粋な信者に改宗させた。しかし、この考えを改めるのに長くはかからなかった。思い当たったのは、空白が間違いではなく、入念に意図されたものということだった。それは医師ケーキによる、世間に対する最後の意思伝達——彼独特の暗号で送られたメッセージ——だったのである。わたしは心の中でそれを読みとり理解した。(14)

医師ケーキとの、この内的接触から生じた歓びは、まるでわたしが実際に柩の蓋を通して遺体に触れ、それがまだ温かいのを見出した、と感じたかのように大きかった。事実、樫の厚板が帆布の帯に換えられ、重い柩が降ろされて見えなくなったとき、ひとり微笑みさえしたかも知れないほどだったのである。他の人たちは悲しげだったり、実際に泣いていたりしたのだけれども。わたしは、誰とも分けもつことがないであろう、或る信念の意識に満たされたのだ。

このように突然わたしにもたらされた新しい気分のため、最初の計画を実行するのが厭わしくなってしまった。つまり葬儀が終了するまで村に残って、準備された会合に出席する、という計画である。牧師が仕事を終え、祈祷書を閉じ、僧服をひらひらさせながら墓地の門のほうへ歩み去ったとき、わたしは墓から素早く身を退き、悲しみにくれる他の人々が墓穴の底を、嘆きながらもうしばらくは見つめているのに任せておいた。一握りの土を柩に向かって落としながら、彼らが発する押し殺しはしていても響いてくる嗚咽は、わたしが教会の側の道を見つけたとき、つきまとってきて離れなかった。そこで歩を緩め、急いだことで反感を買わないようにと願いながら、思案深げに左右を眺めた。将来の回想録のためにこの光景を記憶に止めようとしている男、との印象を与えたいと思ったからである。ブラックウォーター川は、谷間の蘆の川岸の間できらきら光っていた。荒い布のシャツを着てズボンを足首でくくった二人の墓堀り人夫が、栗の木の木陰で休んでいた。一羽の白小鳩が、人夫たちの頭上で低く鳴いた。

「テイバー先生?」

柔らかな女性の声が背後でした。自分の名前を聞いて、わたしは一瞬ぎょっとした。この村では知られていないと信じていたからである。だがこの驚愕は、ライリー夫人の響きの良い抑揚のある声に気がついたとき、直ぐに消えた。彼女は片足をもう一方の足の前に出して立っており、実際は立ち止まっているのに、動いているかのような格好をしていた。ヴェールはもう帽子の縁まで上げられ、ピンで止められていたので、やつれた顔と赤くなった目が見えた。即座に彼女と握手し、墓地を後にしたのは無関心からではなく、強い感情で心を乱されたためと説明した。

「家にお寄り下さいませ」。彼女の声は断固としていたし、両足は今きちんと揃えられていた。

「ライリーさん、残念なことに・・・」

「美味しいハムもございます」

「本当に恐れ入ります。でも馬車を待たせていますので」

「ケーキ先生がいらしたら、がっかりなさったでしょうに」

「かたじけないことです」

このようにして二、三分会話は続いたが、二人とも私たちを隔てている、新しい幾つかの変化で、ぎごちなくされていた。ライリー夫人は話しながら両手をもみ絞り、時々止めては、口にかかった赤茶色の髪の毛の何本かを掻きのけた。深い悲しみの刻印に気づきながら、わたしは彼女を一層しげしげと見つめた。医者であるわたしの目には、彼女があまり健康でないように見えた。頬には赤い斑点があったし、か細い身体は少し震えていた。

しかし、わたしは彼女の弱々しさと共に、彼女の神経質な様子にも驚いた。「ライリーさん、何かお困りですか」とわたしは聞いた。

「いいえ、何も」と彼女ははっきりと答えた。わたしが彼女の物質的な困難を心配したと悟ったからである。「ケーキ先生がちゃんとお取り計らい下さいました。今までの家にわたしは住むでしょうし、大丈夫やってゆけます。有り難うございます」

「では、何が」。わたしの執拗《しつよう》さ（そう思えたに違いないのが今わかる）に彼女は負けて、別の話題をもちだした。

「どうぞご心配なく。でも、お手紙を書いてもよろしいのでしょう。ご住所はもっております。以前と同じですね」

この質問は不必要だった。最後に会ってから二、三週間しか経っていなかったのだから。しかし、わたしは何も言わずに頷いた。

「それでは、有り難うございました、先生」。彼女はひょいと片膝を折ってお辞儀をし、それから振り返って、今墓場からわたしたちのほうへやって来る他の人々を見た。「お手紙をお待ちしています」とわたしはきっぱりと告げた。「では失礼してお別れします。長い旅が控えていますので」

わたしたちの会話中初めて、そして唯一度だけになるが、彼女はわたしの顔をまともに見つめた。彼女の不安が、ひたむきな熱意にとって代わられたのである。彼女が話し出したとき、微《かす》かなそよ風が谷間から吹いてきて、もう一度赤茶色の巻き毛を頬に絡ませた。それで（初めてではないが）、わたしは若かりし頃の彼女を垣間見たのだった——美しくひたむきで、自分は事情によって生活を狭められてしまった何百万という人々の一人である、と意識している女性。彼女の表情には苦々しさの痕跡はなく、ただ慈愛のこもった悲しみの跡が見えた。わたしは彼女に微笑みかけたが、彼女の表情は変わらなかった。

「ひょっとして、一つしていただけるでしょうか」と彼女は付け加えるのだった。「ケーキ先生の追悼文を書いていただけますかしら。『メッセンジャー』紙が欲しがっているので、貴方様がお書き下さるとよろしいと思います、とすでに申しました。貴方様は先生を大抵のかたより良くご存知と申しました」

わたしはまったく仰天してしまい、喘ぎながら僅かに「でもライリーさん、わたしたちは二度会っただけですよ。書けることはただ・・・」と言い終わらないうちだった。彼女の目がわたしの目にひたと据えられ、あたかも真の「老水夫」(15)であるかのように、わたしの目の奥にあって、わたし自身が気づいていない秘密を、彼女は見通していたかのごとくであった。

「本当でございます。貴方様は大抵のかたより先生を良くご存知です」と彼女は鉄のような強い調子で言った。

それでわたしは承諾へと追い込まれ、彼女の執拗《しつよう》さに一寸得意にもなって、ただ答えた。「わかりました。新聞社の人たちに連絡するように言って下さい。出来るだけのことはします」

彼女はなおもしばらくの間わたしの目を見つめながら口を堅く結んでいたので、もし他の会葬者たちがちょうどそのときわたしたちの所に来なかったとしても、それ以上は話さないつもりだったのだろうと思う。「さて、さて・・・」と会葬者の一人が割って入った。きめの粗い肌の顔をし、大きくがっしりした男性で、ライリー夫人を確かに知ってはいたが、握手をしようとはしなかった。彼女はすぐさまうやうやしい態度になり、後ろに退いた。わたしたち二人の、奇妙で名状しがたい絆の環が壊されてしまったのを見て、わたしはライリー夫人の帽子のてっぺんに向かって別れを告げた。牧師と丁寧に挨拶を交わした後、村の道を素早く通り抜け、旅籠に着くと旅行用の衣服に着替え、馬車に乗ってウィタムへ戻った。太陽は往路と同じように、まだ照っていた。御者はやはり、馬を罵ったり黙り込んだりを繰り返していた。馬はやはり、傾斜面では止むをえずゆっくり歩いたり、いやいやながら小走りに転じたりしていた。大自然の中に大きな変化が起こったことを示すものは、広い世界に何もなかった。

第2章

葬儀の追想記の中で、テイバーは「わたしはすでに他の場所で、医師ケーキとどのようにして初めて知り合いになったかを述べた」と書いている。この「他の場所」とは、実際には二つの長い文書のことである。両文書とも手書きで、最初のものは「覚え書き」(16)よりしっかりした書体であり、恐らく清書してから印刷に回そうとテイバーは考えていたのであろう。日付は一八四四年六月―?となっている。ということは、ウッドハムへの最初の訪問の直後、そして医師ケーキの死の二ヵ月前、にテイバーが書き出したことになる。

エセックス州ウッドハム村の医師ジョン・ケーキとの付き合いは、彼の医学的仕事に対するわたしの知識がきっかけとなって始まった。『概観』(17)を執筆中、わたしは関心を分かち合える他のさまざまな人たちを探し出すことで、自分の発見を補完し結論を固める責任を果した。医師ケーキは、近隣の状況を報告する数多くの記事を世に出していたので当然選ばれる一人となり、いまだ未知の人物ではあったが、ためらうことなくわたしは彼に手紙を書いた。『概観』の中で提示する予定の質問事項をここで先取りして明らかにしてしまうのは、わたしの目的に外れるし、同じように医師ケーキの仕事を詳細に述べるのも、わたしの意図ではない。ただ彼は、結核の治療を特別の関心事としていたといえば十分であろう――もっとも、わたしたちの今日の会話を基にして言えることは、医師ケーキが施す患者の苦痛の軽減処置はすべて、何か特定の薬の効果であるよりはむしろ、たぶんに彼の非凡な性格のおかげなのである。事実、わたしの全生涯において、善の精神が彼のように明確な効果を挙げている人物に、めったに出会ったことはなかった。わずか二、三時間彼と一緒にいた後ですら、このことは確信されるのである。彼の人生は多くの点で、より優れたものであり、疑いなく価値のあるものなのだ。だがそれはまた、神秘さを含む人生でもあることを、わたしはそれとなく示すだろうし、もっと完全にそのことを見出して行きたいと願っている。

『概観』を執筆中、毎日の仕事の終わりに一定の方法でその日の新事実を記録するのが、わたしの習慣になっていた。医師ケーキとの出会いはまさに特筆に価するものなので、普段行う事実の羅列を止めて、わたしたちの会合のまとまった記録を書き記すことにする。そのようなやり方は、必要とする細部を保存し、より幅広い関心事を確保するという利点をもつ――もっとも、わたしが述べることには必然的に簡潔化、時には短縮化すら、の感が伴うであろうと予測される。起こった事柄の微に入り細に穿つ記述をするのがわたしの意図ではなく、むしろ読者がそのドラマと重要性に気づくように、事柄の特別な性格の意義を十分に示したいのである。

それがわたしの意図であるとして、想像上の読者方におことわりしておくが、今わたしは医師ケーキの家を先刻退出した後、彼の村ウッドハムにあるベルという旅籠の二階にある部屋で腰を下ろしている。階下の酒場からは、飲食に興じ合っている人たちの声が聞こえてくるが、それ以外は静かである。カーテンを開けて通りを眺めても、注意を引くのは、二、三軒の家の灯りと庭に生えている大きなトネリコの樹の葉の動きだけである。部屋は簡素で清潔だ。細長いベッド（だが硬い、とすでにわかっている）、大小の水差しが置いてある化粧台――大きい水差しには牛が草を食んでいる色あせた風景が描かれている――、それからわたしが今その前に座っている飾り気のないテーブルがある。ローソクは戸外の作業のために作られた奇妙な器具の中に入っているが、これはわたしが寝る前に書き物をするつもりだと旅籠の主人に告げたとき大げさな挨拶と共に手渡されたものである。確かに仕事に適したものだ。

医師ケーキは、午後早く彼の家にわたしが到着するようにと提案していた。わたしはそれに応じるために、家からロンドンにまず行き、ロンドンからウィタムという市《いち》の立つ町へ列車で向かった。そこからは、馬車がいわば多くの不平をこぼしながら、残りの二、三哩だけ、わたしを運んでくれた。街道は絵のようであり、多くの見事な石造りの家々や手入れの行き届いた牧場の中を通っているが、『概観』の資料となるような光景もまた両側に見られる。わたしが気づいたのは、大地主の都合で移動させられた一つの村全体、あまりにも貧弱な設備しかもたないので、病気の温床とならざるをえない沢山の小屋々々、さらには、新しい柵のためにはっきりわかる最近囲い込まれた大きな共有地、である。

ウッドハムは他の多くの村々よりも恵まれている。村役場（教会に隣接しているが植え込みがあって教会からは見えないようになっている）に住む村長は博愛主義の方針をとり、食べ物の包みを自分の娘たちにもたせてよく小屋々々を訪れる、と医師ケーキはわたしに教えてくれた。村には確かに和やかな雰囲気があり、この国の他の場所の状態と比べて好ましく感じられる。恐らくそれは、あの善良な医師が示した世話心を反映しているのだ。しかしながら、医師自身が認めているように、この世話心は貧困の魔手に完全に立ち向かえるほどには頼りにならない。今年の春には、真性の疫病が一番貧しい家々の数軒を襲ったのだった。結果は教会墓地に見られる。一例では、四人の子供をもつ家族全員が死亡し、共同墓地に今一緒に眠っているのだ。医師ケーキは死因を猩紅熱《しょうこう》と考えている。わたしも反対する理由がない。

しかし繰り返しておく。ここで職業的事柄に深入りするのはわたしの目的に外れる。教会の鐘が夜の九時を告げるのを聞いたので、横道にそれたのを止めることにしよう。

わたしが医師ケーキの家に近づいていったとき、どんな風な家であろうか、全く予想できなかった。彼の物質的な生活環境に関しては、何も知らなかったためである。それは、二十年ほど経った建物で、摂政時代風(18)の建築だった。つまり左右対称となっており白くペンキで塗られている。そのため、カントリー・ハウスというよりは郊外の大きな別荘を思わせるが、住み心地は悪くなさそうである。短いけれども便利な接近道の入り口で、小道から眺めると、家は趣味の良さと評判の高さをそれとなく示している。つまり、堅実さと静かな上品さの趣はあるが、これ見よがしなところは微塵もない。ただ付け加えなければならないのは、この印象がペンキ塗り替えの必要によりやや損なわれていることである——壁には、はっきりと幾つかの緑色の斑点が見える。おまけに離れ家はほとんど朽ちてしまっている。庭は正面からは見えないが、片側には放牧地があって、刈り込みが行き届いているため小規模な私園の印象を与え、もう一方の側には松、トネリコ、樫、橅《ぶな》が混じり合って密集する雑木林がある。

玄関の扉をノックすると家政婦が出てきた。名前を告げると、医師は書斎でお目に掛かるご予定です、と彼女は（アイルランド訛りで）言った。このとき彼女には何の特別な注意も払わなかったが、もし患者さんでしたら別の部屋にご案内しますが、という彼女の口振りは印象に残った。玄関内部は、こういう厳密に規格通りの建築の家にありがちなように、薄暗かった。しかしながら、用意されたテーブルの上に帽子を置き、彼女が指さす彼方の扉から書斎へと案内されたとき、光の洪水がわたしの目を眩ませた。

家の主は見当たらなかった。で、わたしは周囲を見回した。ここで断っておきたいのは、生涯如何なるときも、新しい光景に出会うと、後になってそれを正確に記憶しておく必要が生じるという習慣があったことだ。疑いもなくわたしの職業的責任と関係することであるが。それで、まるで銅版画でも制作するかのように、わたしの印象を描写しておこうと思う。ここでは、大きなフランス窓(19)が横長い芝生に面し、鉄の柵とその向こうには牧草地が眺められ、上空を雲の影がゆっくりと動いていた。部屋に注意を戻すと、一方の壁が床から天井まで、巨大な本箱で隠れてしまっているのに気づいた。そこにある本を入念に調べようとしなかったのは、すぐに手に取りたくなることを恐れたからだ。しかし、かなりの数の本が予想に反して、医学的書物ではなく、文学的書物であるのはわかった。つまり戯曲とか詩の書物である。他の三方の壁は濃い紫色と金色の模様のある壁紙で覆われていた。そのため部屋は、天井が高く広々としているのに、あたかも宝石箱の趣があった。

こうした贅沢な心地良さとも言えそうな感じは、そこにある数枚の絵画によって一層強められていた——あるいはもっと正確に版画と言うべきかも知れないが——それらの絵は、間隔をあまり置かず、金色の額縁に入れられて掛けられていた。一見したところ、ギリシア・ローマ神話にある光景を描いた絵のようであり、二、三枚はイタリアの都市と風景の絵であった。わたしは、草木が芽を吹く広大な廃墟、崩れた柱石や柱頭、裸の腕や脚の周りに波打っている襞《ひだ》状の長衣、というような印象を（慌てた、混乱した気分で）与えられた。部屋の床もまた、同じような贅沢さの効果を挙げていた。滑らかに織られ、濃い緑色と黄色を主調とした絨緞が敷かれていたので。いや、敷かれているとは言ったが、このような装飾のためのスペースは実際には少ししかなかったのだ。と言うのは、部屋には家具が所狭しと置かれていた――フランス窓の前の木製長椅子、向かい側の壁際にある書き物机、方々に散らばっている各種取り合わせた椅子、スツール、サイドテーブルがそれぞれ数脚と他の品々。フランス窓の真ん中に置かれたサイドテーブルの上には、清水を湛えた真ん丸い鉢があり、射し込む光を反射して四方の壁や天井に輝きを散らしていた。その水鉢の中では、四、五匹の金魚がゆらゆらと円を描きながら泳いでいる。その様子は非常に快いもので、その窓が、家の外壁を這っているノウゼンカズラや蔓日日草(20)の蔓で取り囲まれているため、一層効果的だった。

このように眺め回しては楽しんでいたので、左手にある暖炉を隠すために置かれた屏風にはほとんど気づいていなかった。屏風の背の高い板はくすんだ緑色に塗られてあり、またまたギリシア・ローマ神話中の光景を示す多くの絵で飾られていた――雑誌の頁から切り取られ、古典時代の万華鏡を作るために貼り合わされた絵の数々。その背後では、微かにぜいぜいいう息が苦しげに吸ったり吐かれたりしているのに、わたしは今ようやく気づいた。後ろを振り向くと、家政婦は無言のまま立ち去って部屋の扉を閉めたことがわかり、わたしは自己紹介をしなければと思った。

「ケーキ先生ですね?」と言うわたしの声は不自然なほど細かった。周囲の家具などに気を奪われていた後だからである。半ば驚きの、そして半ば待ちかねたような喘ぎの小さな音がし、わたしよりも深い声が答えた。

「こちらにおいで下さい」

言われた通りに、屏風の端を回り再び立ち止まった。医師ケーキは色褪せた黄緑色の寝椅子[21]に横になっており、微笑みかけながら右手をさし出し、あたかもわたしがそれに接吻するのを期待しているかのようだった。接吻はしなかったが、彼の挨拶の仕方の奇妙さに面食らって、つい決まり文句を並べ立ててしまった。「色々とお忙しいところお会い下さいまして恐縮に存じます」とかそういった無意味な言葉。すると医師ケーキは手を下ろしたので、わたしは前屈みになって丁寧に握手した。彼の手は汗でじっとりしていた。つまり熱さと冷たさの双方が、一度に感じられた。で、直前のわたしの印象は一層確固たるものとなった。このお方は病んでおられ、もう長くは生きられないのではないか。

彼のすぐ側に置かれてある茶色っぽい綴れ織の布が張られた低い椅子に、わたしは腰を下ろし、お互いに無言で見つめ合った。彼がわたしをどう思ったかはわからない。ただ、わたしたちの間には何の障壁も存在しないかのように、澄んだ眼差しでじっとわたしの顔を、彼は見ていた。それはこの上ない率直さと素朴さの眼差しだった。一方、わたしの彼に対する意識は鮮明だった。事実、彼との最初の出会いと接触を忘れることは決してありえないと思うほど、その印象は強かったのだ。はっきり病んでいるとわかるのに、外出着姿だった——ヴェストなしの旧式なウーステッドの背広と立ち襟のワイシャツ姿。淡黄褐色の毛布が胴の辺りまで掛けられていたので、身長がどのぐらいであるか正確には掴み難かったが、ひどく小柄な方という印象（後に確認した）を受けた。両手は今胸の上に組まれていたが繊細で骨細であり、肩幅は狭く、首筋は少女が陽に当たらないでいた場合のように青白い肌をしていた。頭もまた繊細な感じで、すでに毛髪はほとんどなく、残った髪も刈り込まれていた。かつては赤茶色だった髪が、今は胡麻白になっているので、全体が巣から転がり落ちた雛鳥を思わせた。深い青色の両眼は左右の間隔が広く、鼻は鼻梁《びりょう》が高く、そして口は――個性的なほど幅広く――上唇が厚い下唇の上にやや突き出しているという特徴をもっていた。それは、ほとんど切望と追求といってよい熱心さの感じを与える口だった。

これが医者の顔だろうか、と内心で問うた。額と目尻のしわは、苦労を身に沁みて知っていることを暗示していた。だが、アラバスターのように白く滑らかな肌、明るく真っ直ぐな眼差し、そしてあの（繰り返しにはなるが）個性的な口は、すべて芸術家だけのものと考えられる気性を示していた。医師ケーキは、不活発と熱意のはざまで一時停止の状態にあるように思われた――この世の中に深い好奇心を寄せてはいるものの、同時に現世の物質的境界の彼方を見ている人。

「先生、本当に恐れ入ります・・・」とわたしは、またまたきまり文句を並べ始めた。

「厄介な旅をして下さって、こちらこそ恐縮です」と彼はロンドン人にありがちな奇妙な軋みと抑揚のなさを兼ね備えた、深みのある単調な声で言った。うつむいて自分の衰弱した体を見回しながら、彼はさらに続けた。「わたしは以前のようではありません。そのため、貴方のお仕事に役立つように、この村の現状を正確にご報告できません。この村にはもう一人の医師ガレットがおりまして、現在、わたしの患者の大部分を引き受けてくれています。お望みでしたら、紹介状を書きましょう」

わたしは少々失望し、彼がこんな風に感じているなら、なぜわたしを招いたのだろうと思った。多分わたしは椅子の背に一寸のけ反って、どうしようかと考えあぐねていたのだろう。とにかくちょうどその時、それまで部屋にありながら屏風で隠されていたこの部分の家具に気がつくようになった。わたしの背後には、大きな暖炉があり、火格子の上で燃える薪が心地よく背中を暖めてくれた。その暖炉の上部の炉棚には「おばあさん」として知られているらしい「おじいさんの古時計」のミニチュアがあった。さらにその上には、壁の上に不自然なほど高い位置に掛けられ、しかも明らかにこの場所の誇りとなるように決められたもの——。わたしは家族の肖像画か、多分、特にお気に入りの風景画を期待したのだった。ところが何と、それはドルースハウト作の、お馴染みのシェイクスピアの肖像の版画(22)だった。シェイクスピアの作品の多くの版に見られるものであるが、奇妙なことに布製の細い花綱で縁を飾られ、花綱の先からは二本の絹の飾り房(23)が垂れ下がっていた。

　わたしはびっくりしながら目をそらしたが、観察は最後まで続けた。部屋の中頃の壁に掛かっている数枚の版画に取って代わるものとして、この隅では、シェイクスピアの戯曲の諸場面に登場する諸人物の姿の版画が見られた。例えばバルコニーでジュリエットに話しかけているロミオ。そこにはまた、もう一つの小さな本箱、ブロンズのナポレオン像、（閉じられたままの）こじんまりした書き物机、さらにその上には、鳴っていないエオリアン・ハープもあった。医師ケーキからは真っ直ぐに見えるが、一番離れた隅の所には、籠に入った緑色の鶸《ひわ》がいた。(24)とても美しく繊細な感じの小鳥で、羽はエメラルドのような明るい緑色の部分と薄い黄色の部分とに分かれていた。気がついたとき、小鳥はわたしが部屋を観察しているのを、片目は閉じ、もう一方の目は開けて、首を傾げながら見守っていた。

　前に言ったように、部屋の第一印象は、宝石箱に似ているということだった。この屏風の陰になる場所では、部屋はまさしく埋蔵物の宝庫のようだった——遺品とか生涯に亙って蒐集された小間物の数々が寄せ集められている所。わたしはまた、年長者の風格でじっと見下ろしているシェイクスピアの肖像画に目を向けたが、そうこうしているうち、自分の好奇心が卑しいものに思われるのではないか、と気になりだした。そこで、医師ケーキの顔を見ると、にっこり微笑んでいるのがわかった。(序に彼の歯は大部分健全であるのが認められた。)

「ここでシェイクスピアを見出して驚いていられますね」とわたしから目をそらさずに彼は言った。

「まあそうです」

「でも貴方ご自身も文学的な方でしょう?」

そう言われて、正直なところびっくり仰天してしまい黙りこんだ。自分を文学的なと考えてから多くの歳月がすでに経っていた。しかもその分野における自分の評判がどの程度のものであるかは承知していたので、まさかウッドハムのような遠隔の村で文学的などと言われようとは、全く予期していなかったのだ。フィンチリーでは事情が違う。わたしの職務は医者のものであるが、そうした職務は、文学一般、殊に詩が好きだという興味を表明することを、妨げるものでは決してなかった。実際、全く幸いなことに、十分な数の熱心な賛同者が現れて小さな協会を作り、文学的な事柄を話し合うために集うようになっていた。しかしながら、自分の作品が他に貢献しうるものだなどと感じたことは、かつて一度もない。わたしの詩は、青春という特殊な状態の産物であったと考えてきたからである。だが、若き日のわがアイドル——湖畔詩人たちとその後裔であるコックニー一派——は、わたしの（いわば）道案内の光であり続けた。そして彼らによる人間性の文学的表現は、科学者の知識と同様に、社会に役立つものであることを、わたしはすすんで認めたい。殊にワーズワスと彼のかつての侍者ジョン・キーツは、真に魂の医者と呼ばれてよかろう。

医師ケーキは瞳を輝かせながらじっと見つめ続けており、微笑みはなおも口元に漂っていた。

「わたしは、詩の女神たちが才能を少しばかり、ばら撒き与えてはくれたけれども、すぐにまた取り上げられてしまった人間の一人、というわけです」と驚愕を隠すのに十分な威厳があるようにと願いながら言った。

「これ、これ」と医師は即座に言ったので、わたしの言い訳は、予期した謙虚さではなくて自負の印象を残してしまったのだった。「貴方の著書は読みましたよ。本棚に一冊あります。素晴らしい個所が幾つかありますね。ワーズワスを敬愛する人は誰でも、自身が敬愛されるものを、或る程度持っているに違いありません」

この飾り気のない好意的な言葉がわたしをもっと素直にした。「わたしがワーズワスの一派だというご意見は、もちろん正しいのです。詩を書いていたのは若いときでしたし、影響を受け易かったのです」

「ワーズワスも若いときに詩を書きました」

「ワーズワスには天分がありました」

「その通り。だが彼の一番熱心な支持者でも、彼の天分はやがて失われたという点で一致しています」

微笑は消え、医師ケーキは両手を開いて、厳粛な面持ちで手のひらに見入った。あたかもそこに自分の未来の運命を読み取ろうとするかのようであった。「それが事柄の本質的な姿です。わたしたちが創り出す作品は、わたしたちの力の及ばない所にあることもあるのです。つまり作品は神秘的な媒介要素に依存しており、そういう要素は作者の要求とは無関係に、勝手に存在したり立ち去ったりするのです」

「ご自分の経験をお話しになっていられるのですか、ケーキ先生」。この質問をしたとき、自分でも何を言っているのか十分にはわからなかった——ただ話の中に、個人的な関心を暗示する切迫感があるのがわかったのだった。

彼は顔を上げずに一寸考え込み、やがて言った。「わたしは今自分のことを話しているのではないのです。わたしに関する貴方の質問にお答えする場合は別ですが。しかし周囲をご覧になれば、わたしの仕事がすべて医学的というわけでないことはおわかりでしょう」

「確かに、シェイクスピアがあります」

「シェイクスピアはわれわれの偉大な主宰者です」(25)

「勿論です」

「そうおっしゃって下さって嬉しく思います」。彼は両手を再び握り合わせた。今その控えめな行為を静かに思い起こして考えてみると、当時完全には理解しなかった或る事柄がわかってくる。詩とその力の不安定さを語りながら、医師は一層大きな感情表現の発言間際まで近づいていたのであった——が、そこからはすぐに身を引いた。彼は気を取り直して、より卑近な新しい話題へと方向を転じた。

「この家の歌鳥を眺めておられましたね」と籠の中の鶸《ひわ》の方へ顔を向け、目を輝かせながら彼は言った。

「とても可愛い小鳥ですね。でも歌はまだ聞いておりません」とわたしは答えた。

「そのうちに歌い出しますよ。ポリーという名前です」と医師が言った。

「でもポリー(26)とは鸚鵡《おうむ》の名前でしょう」とお節介なことを口にしてしまい、冗談で機転を利かせるべきところを泥靴で踏みつけてしまった。

医師の微笑みが消え、わたしの言葉には答えずに、物思わしげに言った。「美しい小鳥です。性質も良いし」

「どうしておわかりになるのですか」

「いつも楽しげなのです。それは確かですし、他の色々な喜びの元にもなります」

わたしはやや戸惑い、どのように話を続けようか考えあぐねていた。すると医師は不意に話題をまた変え、わたし自身の問題に戻った。

「出版なさった本一冊は、お書きになったものすべてを含んでいるとおっしゃるのですか。あるいは、出版することはお止めになったとか」

医師が最後の言葉を口にしたとき、鶸《ひわ》はわたしたちの話し合いの題目が自分であった事実をようやくのみ込んだかのように、籠の中で身を動かし二、三回囀った。綺麗な声だったが、部屋の閉ざされた空間の中では、わたしの耳に落ち着かなかないものとなったし、何よりも囚われの身の思いを暗示するものだった。「二、三の詩はまだ残っています。半端なものですが。出版しようとする人は勇敢です――世間が知る以上に勇敢です」とわたしは迷い迷い言った。

医師は手のひらを外に向けて片手を上げ、小鳥をじっと見つめながら、囀りが止むのを待った。間もなく彼は「どんな点で?」と尋ね、会話が再開された。

わたしは肩をすくめた。「仮定的なことをお話ししているのです。申し上げた通り、わたしはもう自分を詩人とは思っておりません。勇敢と言ったのは、一般読者を受け入れる勇気を意味したつもりで・・・」

医師ケーキは「評論家たち」という一言で、わたしの言葉をさえぎった。今までにない語気が彼の声を軋ませ、顔には血が上って薄黒くなったので、健康に差し支えないかとわたしは危ぶみかけた。その時、ひっ迫した面持ちで寝椅子の背もたれから頭を離し、わたしの顔の寸前まで頭を寄せ、彼は続けた。「彼らは悪魔です。悪魔。良い人間や良い作家が彼らの非難によって破滅したのを見てきました。最悪の点は、彼らが懲《こ》らしめようとしている者が、自分自身の欠点を知らないと思い込んでいる厚かましさであり、他人には想像するだけがやっとなほどの獰猛さで訓告を与えるのです。作家を叱り付けるのは、侮辱した上に、さらに傷も加えるというだけのことなのです」

彼は言うのを止めたが、一瞬の間前屈みになったままだったので、口から吐かれる腐敗細胞の臭が漂ってきた。それから彼はまた横になった。その顔に平静さが戻ったとき、わたしはまるで初めてでもあるかのように、彼の普段の表情の特質に胸を打たれた。それは真に彼を天使のように思わせる晴朗さを持っていた。彼をさらに落ち着かせるのはわたしの義務と感じた。

「わたし自身の出版物は、ほとんど注目されませんでした。適切な批評の対象になったとは考えられません」と穏やかに言った。

「無視は侮辱の一種です」と医師は応じたが、前のような興奮はなかった。「しかしながらです。われわれは、後の世の人々に成功不成功の大切な物差しを委ねなければならないのだ、とお思いになりませんか。後世の人々こそ唯一の判定者です」

わたしは肯いた。それから自分の詩集が大海に出た小船のごとく、青春の流れに乗ってぷかぷか浮いているさまを想い描いた。「後世の人々はわたしのことなどほとんど構ってくれないと思います——とにかくわたしの詩作品のことなどは。申し上げたように、わたしの詩は青春の産物なのです。その後は、実生活の事柄に身を捧げてきました」

もう一度、あたかもわたしたちの会合の本来の理由を認めるのが嫌であるかのように、医師はぐずぐずしていた。ついに、「そう」と彼は言った。「実生活の事柄を話すべきです」。それから目を輝かせて、毛布の下にほとんど隠れていて気がつかなかった小さな銀の鈴を手を伸ばして取り、強く振った。「でも先ずクラレット(27)を一杯飲みましょう。ライリーさんが持ってきます」

鈴の音がまだ鳴り止まぬ間に、扉が開いて家政婦が現れ、デカンターとワイングラス二つを木の盆にのせて運んできた。わたしたちの側に盆を置き、彼女は屛風の一端を折りたたんでフランス窓とその向こうに広がる緑の平原が見えるようにした。

「お帰りになる前に庭をご覧になりますか」と医師が尋ねた。「庭は家の裏にあってここからは見えません。お客様はうちの宝物をご覧になるべきですよね、ライリーさん」

家政婦は今寝椅子の足元のほうに立っており、静かに両手を前で組み合わせていた。すでに述べたように、部屋に入ったとき、医師ケーキと直ぐに話したくてたまらず、彼女をつぶさに眺める機会がなかった。今わたしは、彼女が四十歳代のほっそりした体つきの女性であり、室内帽の下からはごく明るい赤毛のカールが少しのぞいている、とわかった。彼女の肌は（赤毛の人にありがちな）類《たぐい》まれな乳白色の透明さをもち、文字通り点々としたそばかすさえなかったら、医師の肌の青白さに匹敵するものだった。彼女は美しい人というよりは印象的な人と言われてよかった。一種の腰の低さが彼女にはあり、獲物に跳びかかろうとしてうずくまっている猫を思わせた。ようやくポリーという名前で親しめるようになった鶸《ひわ》は、はっきりした小さな飛翔音を立てて体を震わせ羽を整え直したが、その間ライリー夫人は医師の次の指図を待っていた。

「他には何もございませんでしょうか、先生」と彼女は鋭い眼差しを向けながら医師に尋ねた。二人の間に何か気まずいことでもあったのかと想像してみたが、どんな事のためかは見当がつかなかった。やがて、わたしは、彼女が彼を守ろうとして、部屋からわたしを追い払ってよいかそれとなく尋ねているのだ、とわかった。

「他には何もありません」と落ち着いた答えが返ってきた。「テイバー先生とわたしは詩人とその運命について議論していたのです」。これを聞いてライリー夫人は一寸たじろぎ、くるりと後ろを向いて立ち去った。医師はしばらく待ってから、低い声で続けた。「ライリーさんは非常に興味深い女性です。家族がカトリック教徒なので、おわかりのように、決起させられました。そのうち何人かは扇動的活動家だと思います――リボン人たち(28)とかなんとか言われて――彼女の場合は、それ以外の知人たちが受けてきた迫害を逃れるために、イングランドにいるのです。気の毒なひとです。夫は――結核で死んだと言っています。うちで引き受けることにしました。故郷での状況に影響されて、このところ残念なことに塞ぎ込んでいます」

「飢餓のことですね」

「正確には飢饉です」医師はワインを指差し、グラスに注ぐように促した。わたしが注ぐと、「アイルランドを訪問なさったことなどおありですか、テイバー先生」と彼は聞いた。わたしは首を振りワイングラスを手渡したが、彼はそれを窓の方へ高くかざして目を細め、まるで赤いガラスでも手にしているかのように透かして見ていた。「悲劇的な島国です。若い頃、ただ美しい景色を見たいというだけの理由で訪れてみました。だが見たものすべては悲しみの光景でした」と彼は言った。「決して忘れられない悲惨さです」

そこでグラスをわたしに向かって上げ、厳粛な重々しい口調で「不滅の精神に」と彼は言い、わたしたちは乾杯した。医師はすぐにはワインを飲み込まず、口の中で転がして十分に味を楽しんでから、少しずつ喉を通していった。この仕草が終わったとき、彼は少年のような一途さで微笑みながら溜息まじりに言った。「美味しいですね。苦難の中でもこうした楽しみを続けられるなんて、わたしたちは幸せですよ」

わたしは何も言わずに、心の中であれこれと考えた。医師ケーキとはまだ三十分も一緒にいなかったが、すでに彼の人柄には強く影響されていると感じた。予想していた人物とはひどく違っていたためも多少はあった。読んでいた記事や彼の世間との関わり合いから、非常に活動的で実質的な人間を予想したのだった。わたしの目の前にいるのは、しかし、明らかに病身であるにも拘わらず、感覚的快楽主義者であった。だが、わたしの予想と現実との差異だけがわたしの胸に迫ったのではない。それは——何と言うべきか——この世の中における彼の人生観であったのだ。彼は無名であることに甘んじて身を隠しているように見えたが、同時により大きな問題、より永遠な時の流れに結び付けられているようでもあった。つまり、彼は彼自身以上の存在である、と思われた。しかもその精神的広大さを、彼のもとにやって来た他人と即座にすすんで分かち合おうとしているのであった。

わたしは何時も通り、二口でさっとグラスを飲み干した（医師は異議がないようだった）。ワインの香気が頭に昇り、ぼんやりした思考の間隔を満たし、喜ばしい自信でもってわたしを鼓舞したとき、こう言った。「多分ご自身について何か話して下さいますね、先生、これまでのお仕事の背景として」

医師ケーキはデカンターの方へ手を差し出し、わたしが二人のグラスをまた満たすように促した。で、そうしたとき、不思議なことに太陽の光が、彼の背後の壁に馬の形をした影を映し動いているのに気づいた。馬は草を食み、後ろ足で立ち上がり、空気を蹄で掻き、二、三秒で完全に消失した。(29) 医師が咳払いをして痰を除いたとき、わたしは正気に戻った。

「わたしの話は簡単です」と彼は言った。「子供時代の境遇が、この職業につくことを余儀なくし、以後一生の間続けているのです。もっとも白状すると、幾つかの迷いや回り道はありましたが」

「とおっしゃると?」

「いちいち申し上げても退屈でしょう。でも、青年時代に病気のため外国に旅行せざるをえなくなって、医学の勉強を中止したことがある、と打ち明けておきましょう」

「ケーキ先生、わざわざ全部思い起こしていただくつもりなどなかったのです」とわたしは口を挟《はさ》んだ。

「構いませんよ」と彼はゆっくりと頭を左右に傾げながら言った。「もう一つ白状しますと、自分の実状にはひどく不満でした。自己を伸ばし成熟へと発展させるべきと感じるのは、若者の特権ではありませんか。現在はもう違ったふうに感じています。わたしたちが死ぬということは避けられないわけです」。そこで彼は空いている方の手を胸の上にもっていきそのままにしてから、シャツの襞の間に指を突っ込んで肌に触れた。「わたしは十分色々なことを見てきましたので、自分に何が起こらざるをえないかわかるのです。それを受け入れております。わたしにとって悲嘆の種とはなりません。わたしがいなくなっても、重大問題となるほどには沢山の知人もおりません。わたしの人生は孤独なものでした。確かに多忙ではあり、周囲に人々はいました。しかしやはり、孤独だったのです」

このような言葉には、相応しい受け答えができるはずもなかった。その率直さは衝撃的であり、医師に話を続けてもらうために、わたしはただ頭を垂れていた。自分の編み上げ靴のつま先には小さな草の葉が幾つかくっついていた。この家へ歩いてくる途中にくっつけてしまったのであろう。玄関に入る際に泥を持ち込まなかったようにと願った。

「そう」と彼は言った。「わたしは数年間ロンドンを離れていました——説明しておくべきだったかも知れませんが、ロンドンが生まれ故郷です。最初のうちは健康回復にのみ努めましたので、ほとんど何もしませんでした。しかし太陽の輝く暖かい風土が、ありがたいことに効果を現してくれたとき、わたしは亡命生活をぜひとも最大に利用しなければと感じ、帰国を延期しました」

「亡命生活ですって?」とわたしは再び頭を上げ、素早く聞き返した。

「そのように考えていたのです。わたしの家族は裕福ではありませんでしたし、一族のうちで運命がどうにか助けてくれた者たちでさえ、社会的重圧によって虐げられていると考える点で一致していました。従ってわたしたちは離散しました。わたし自身の場合は、人生の最初の試みをいったん中止し、改めてやり直す手段があったのでほっとしましたが」

「ひどいことです」とわたしは礼儀などほとんどお構いなしにきっぱりと言ってし

まい、一寸赤面した。だがそれは医師を動揺させなかった。頭をなおも後ろに傾け、陽光のフィルターを通して漂っている塵の粉に向かい、聴衆に語りかけるかのようにこう同意したのだった。

「まったくその通りです。今日お会いしているのはそのためです。人生には幾つかの部屋があって、(30)われわれは経験を積むにつれ、より大きな知識を獲得し、許されればそれらの部屋々々を通り抜けていくと想像するかも知れません。だが、われわれはまた、生まれたときに自然がくれた忠誠心や関心事も維持して行きます。申し上げたごとく、わたしは元来の境遇により、まだ若い頃イギリスを離れねばならなくなりましたし、事実わたしの状態は自分自身にも他人にとっても心配の種でした」。ここで医師は言うのを止めたが、顔がまた赤黒くなった——以前のように怒りのためではなく苦痛によって。

「どんな種類の心配でしょうか」とわたしは穏やかに尋ねたが、苦痛をそのようにはっきり感じさせる事柄を強いて聞くのにはためらいを覚えた。彼は唇をすぼめたので、肌の向こうの歯並びがわかった。それから短くすっと息を吸って唇を元通りにした。

「心配は」と彼は物静かに繰り返した。「深刻なものでしたが、でも遠い昔のことに同情していただきたいとは思いません。わたしの境遇のあらゆる面についての心配だったのです」

「残念なことでございますね」とわたしはなおも控えめに言った。

医師は低い声で「ふむ」と漏らし、あたかも自分の意見をさらに述べるべきか否か迷っているようだった。その間に、わたしは空想の中で、苦難というものの驚くべき実体を垣間見たのだ——貧困、友の喪失、死そのものの恐怖——の実体はまったく不意に、しばしわたしを圧倒した。医師に対する同情は強烈なものとなり、彼の境遇がはっきり掴めないだけに、事実、一層激しさを増した。

やがて医師は瞑想を止め、持ち前のものとわたしには理解され始めている、あの勇気でもって暗い思いを手で追い払い、明るい表情をしてわたしを見つめた。

「一番もの凄い雷雲にも銀の裏打ちがあるものです。それでやがては、わたしにとって重圧だったものが、自己を取り戻す手段となったのです。健康が回復すると、古典的世界の美の数々を見ることができました。以前は夢や物語に過ぎなかったものです」

「イタリアに滞在したとおっしゃるのですか」。わたしたちはまた落ち着いた状態に戻ったので、ほっとした気分になりわたしは尋ねた。

「ローマです」と、今は活発なわたしの口調に合わせて、医師が答えた。「そこのイギリス人社会がわたしをメンバーに加えてくれました。充実した生活でした」

「でも仕事としては何をなさったのですか」

医師は顔をわたしの方に寄せ、それからそむけた。「お金のためにですか？　自国での困難のかなりの部分は、或る親族の遺志の曖昧さによるものだったのです。本来ならささやかながら得られたはずの収入は、大法官庁の迷路の中に失われてしまい、(31) わたしは取り戻すことはできないものと諦めていました。しかし結局は、弟の懸命な努力の甲斐も大いにあって、その難題は解決したのです。少額の遺産の受領者となり、望み通りの生活が許されるようになったわけです」

「どうして直ぐ帰国なさらなかったのですか」

厚かましいものであったかも知れないこの質問には、長い沈黙が続いたので、医師の耳には入らなかったのだろうと信じるところだった。家の中の他の音が聞こえてきた。わたしたちの会話や関心事には無関係であるのに、まるでそれらの一部となるかのように感じられる音であった。台所と思われる方角からは、石の上に落ちる澄んだ水のしたたりが聞こえてきた。他の場所からは、床板の軋む音や壁の中で積み石の破片が落ちるかさこそという音が、家をあたかも生き物であるかのように思わせた――ちょうどわれわれと同じように、一日を過ごし一日に対応している生き物。

「政治に興味があったのです」とようやく、彼はまるで目を開けながら居眠りをしているかのような眠たげな声で言った。「わたしを圧迫したのと同じ状況が、他の人々にとっても束縛となっていると感じざるをえなかったのです。それで、わたし自身のために行動しながら、他の人々のためにも仲裁役が果たせるようにと決心しました。そうでなかったら、どうして生涯を医学などに捧げるでしょうか、テイバー先生」

この質問に答えは期待されていなかった。医師は今、再び完全に目覚めていることを実際に確認しようとするかのように、グラスからもう一度、前ほどは丹念ではなく一口飲み、話を続けた。「イタリアに旅行するずっと前に新聞記事を通して、イタリアでは場所によって自由主義者たちが困難な目にあっていることを知りました。そしてローマのイギリス社会にいる間に、そのような事態をさらに多く耳にしました。事実、わたしは自他共に許す自由主義支持者になったのです。ナポレオンは、」――ここで彼の目はわたしたちの真ん中で静かに立っているナポレオンのブロンズ像に向けられた。「ナポレオンは、ご記憶のごとく、ヨーロッパのさまざまな国家に動乱をもたらしました」

これを聞いてわたしは、医師ケーキにぜひ思い出してもらいたくなった――比較的若かったわたしにとって、ナポレオンと歴史を共に生きたことは目くるめくような夢の一種、つまりすべての子供たちが世の中に対する真の展望を身につける以前に抱くような夢、を意味したことを。それを告げたとき、誇らしい気持ちはなく、ただわたしたち二人の間の状況の相違を確認するつもりだった。

「忘れていました」と医師は思いやり深げに応じた。「わたし自身の青春がまだ記憶に鮮明なので、つい自分の経験は共通性のあるものと勘違いをしてしまうのです。おまけに、あの当時の思い出ばかりに浸っている必要もありません。どうしてもっと早くイギリスに戻らなかったかを説明する足しにしたかっただけです。シシリアとナポリの両王国で、わたしは民衆の利益に貢献すると信じて、様々な理想主義者たちと付き合っていたことだけは付け加えておきましょう。仕事が順調に終了したとき、彼らが思い通りに活躍するのに任せて、わたしは船でロンドンに戻りました」

語り終えると医師はグラスを下に置き、グラスの底ですぐ側にある本などを除けようとした。わたしは前屈みになって彼を助けたかったのだが、彼の話の最中にわたしを捉えた激しい異郷への想いで、身動きがとれなかった。彼が語るイタリアの思い出は、わたし自身をもその地へ運んで行き、わたしもまたナポリの広大な湾（ターナーや他の画家たちの絵ではよく見ていても実際には未知のもの）に、突如姿を現したかのように感じたのだった。そしてヴェスヴィオ火山の頂からむくむくと立ち昇る煙、ナポリ市の穏やかな段丘、無数の重要建築物の丸屋根、大小の尖塔などが、すべて金色の光を浴びているのを眺めたかのように感じたのだった。医師の影響力は、それほど強かったのである——一寸した言葉遣いによって、世界と彼自身の中の何か魔法のようなものを暗示しながら。

わたしが普段の自分に戻ったとき、彼はじっとわたしを見つめており、話題を変えるところだった。「わたしたち医者は、日々の仕事の中でそのようなことを見てきましたね、テイバー先生。わたしたちは大抵の人々がわざと避けてしまう苦難の光景をすすんで探してきたのです。しかし、イタリアを離れる前にわたしは、以後二度と目撃することがありえないような種類の悲しみを経験したのです。すなわち、戦争で傷ついた人々、家族間でのいさかい、非情。そのような光景はわたしの中に入りこみ、わたしを変えたと言えましょう。あるいは、すでにわたしの中に存在していた或ることを確信させたと。なぜ貴方にこれをお話しするかおわかりですね」

この質問にはやや面食らった。医師の話の迫力があまりにも強くわたしの胸に迫ったので少し動揺していたところだったのである。口ごもりながらわたしは答えた。

「イギリスでの先生のお仕事の背景ともなったからだと思いますが」

「その通りです」と彼は続けた。「それは絶えざる推進力と霊感になっています。あるいは多分賢者の石(32)のようだと言うべきかも知れません。賢者の石は、この職業に関してわたしがかつて抱いた考えを、最初の無邪気なものから本当の確固たる信念に変えたのです。故郷の土を踏んだとき、わたしは完全に医者になる決心をしました。中断していた医学上の訓練を終了し、遺産の一部を使って開業医になりました――まずロンドンで短期間、それ以後はずっとここで」。医師は言葉を切り、小声で付け加えた。「他の関心事は捨てました」

「他の関心事についてはまだ伺っておりませんが」とわたしの気持ちが彼の気持ちにつき沿っていくのを示そうと願いながら言ったのだが、実際は不当な当てずっぽうさを露呈することになった。

「他の関心事は、今日のわたしたちに関係のないことです」と医師ケーキは相変わらず静かな口調で、咎めだてはせずに言った。「そういったものは自分の経験のうち消失した部分に属するのです」

またしばらく会話が途切れたので、わたしはそれまで扱ってきた話題と楽しんできた今日の体験を心の中で味わい直してみる機会を得た。医師が話している間中、わたしは集中してじっと耳を傾けていたのだった。しかし同時にわたしの思考の一部は停止してしまい、どうしようも出来ないまま、ただ今いる場所の周囲の状況と彼の話の内容とを比べていた――部屋の装飾の濃密さと奥深さ、版画の題材、本棚の中の著書、わたしたちを見下ろしている頭の禿げた無表情なシェイクスピアの顔――こうしたものは、医師ケーキがわたしに語ったことと、矛盾するように見えた。一見して、治療ということからはかけ離れた関心事の表れであるようだからである。だが本当はかけ離れてはいないのだ、という点で医師とわたしはすでに同意していたのである。それらは健康に良い効果をもたらす力で結ばれていたわけだから。つまり両者はアポロの共通の王国(33)の一部分であったのだ。

「先生の他の著作物のことを指していらっしゃるのですか」とわたしはやがて穏やかに尋ねた。

「わたしは他の著作物のことなど言っていません」と彼は完全に気の抜けた調子で話すことにより質問を退けた。気がつくと、鶸《ひわ》は突然また羽を震わせ、ポリーという名に不思議なほど相応しい音を立てた。

「でも先生のお部屋は・・・」と言いながら、わたしが片手を上げて振りかざすと、小鳥は静かになった。「誰にでもわかることですが・・・」

「他の著作物のことなど言っていません」と医師は鋭く繰り返したので、彼を怒らせてしまったのだとわかり困惑した。詫びようとして、確かに自責のうずきの発芽を感じ始めたのだが、そのとき彼は先制攻撃に出た――わたしの後悔は不必要であると示したかったからなのか、それとも苛々したための印だったのかはわからない。彼の脚が突然一、二度蹴る動作をし、同時に体に掛かっていた毛布を剥いだ。残念ながら無神経な好奇心を発揮して、わたしは見てしまった――舞踏用のパンプスに一寸似た華奢な布製の靴を彼が履いているのを。それから彼は前屈みになり、赤面しながら体をもとに戻した。

「多分これから庭をご覧になりたいでしょうね」。彼は話しながら例のミニチュア時計に目をやった。もう六時になるところだった。彼が目下感じている怒りの閃光でわたしを咎めだてようとしているのか否か、なおもはっきりはしなかった。しかしとにかく、これ以上の大火に燃え上がらせるべきではないと心に決めて、改まった調子を選んだ。

「わたしのためにお疲れになったことと思います」と立ち上がり手を差し出しながらわたしは言った。

医師は即座に温和そのものになったので、先刻の困惑は不必要だったのだと確信した。彼の気持ちを乱したのはわたしの無礼さではなく、彼自身の内部に被《こうむ》ったことのある失望の傷だったのである。今度は彼がとりなす番だった。

「折角議論しにいらっしゃった事柄は、まだ十分に話し合っていませんね。この村でのわたしの仕事についてお話しなければなりません」と彼は言った。寝椅子の端に腰を下ろし、肩を落として膝と足先はきちんと揃えていた。彼の背の低さの特徴（それまで毛布で隠されていた）――せいぜい五フィートあまり[34]でお腹がやや丸く出ている――にわたしはこの時初めて気がついた。彼の顔と喉は先刻の興奮でまだ赤らんでいたので、駒鳥を想わせた。

「疲れてはおりません」となおも彼は一層きっぱりと言った。「わたしには良いことなのです。手を貸して下されば、歩きながら話しましょう」。そこで彼は右手をわたしの腕にのせ（わたしは衣服の袖を通してはっきりと彼の指の圧力を感じた）、掴まりながら立ち上がった。もう一度彼の死の匂いが漂ってきた。

「ついわれを忘れて、大気炎[35]を時おり吐いてしまうようなことがあっても勘弁して下さい」とわたしの顔を真っ直ぐ見ながら彼は言った。両頬の血管が痛んでいるのがわかり、そのため肌は子供がなぐり書きをした紙のようだった。彼は溜め息をつき、言葉を続けた。「怒りっぽさは何時もわたしの弱点でした。さあ、貴方に寄りかかりますよ」

彼がこう言い、二人で屏風の陰から部屋の明るい光の中へそろそろと歩き始めるやいなや、扉が開いてライリー夫人が入ってきた。思うに、彼女はわたしたちの会話の一部始終を聞いていたに違いない。彼女の表情の凄まじさが明白にそれを物語っていた。彼女はわたしを睨みつけた。

「もうお暇するところです」とわたしは懲《こ》らしめを受けた子供のように、素早く言った。

「テイバー先生にゆっくりするように頼んだのはわたしですよ」と医師はとりなすよ

うに毅然として言った。「わたしは言いたいことすべてをまだ言ってないのです。わたしたちは外で新鮮な空気を吸いながら会話を続けるところです。一緒に来ますか？」彼は彼女の方へ首を廻したが、そのため一層、まさに小鳥のように見えた。しかしわたしにとって非常に印象的だったのは、こうした彼の身振りの一寸した可笑しさではなかった。それは、彼女以外の人の助けを借りたことで、彼女の感情を害してしまったかのように、ライリー夫人に話しかけているその事実であった。わたしは黙って二人を交互に眺め、彼らの相違の著しさを感じた——彼らの服装、および医師の弱々しさに対するライリー夫人の健康的強壮、という対照性の中に示されている相違。しかし同時に彼らの間に存在する連帯感、単純ではあるが強力な絆は、この家政婦は普通の場合より主人についてもっと多くのことを知っているのだ、とわたしに確信させた。彼の会話は、仄めかしや焦《じ》らされがちの要約でぎっしり一杯だった。何ら確証もないのに、ライリー夫人は医師の心の全風景を承知しているのだ、とわたしにははっきりわかった。

「あのう、言いたいことがおありでしたら、喜んで伺いますが」。この言葉を発するや否や後悔した。彼女が恩着せがましいと受け取るのを恐れたためである。だが彼女は違った。

「有り難うございます。いずれその内に」と特徴のある響きの良い声で彼女はそれだけ答えた。それから医師ケーキとわたしの間に割って入り、彼がわたしから離れて、代わりに彼女の腕を掴むようにした。あたかも今はわたしが召使であるかのように、うやうやしく彼ら二人の後ろを離れて歩き、暗い玄関へ付いていった。そこで帽子を取り上げ、入り口の扉を開けて、夕日の射す黄昏の中へ歩を進めた。

医師の書斎の窓の前を通り過ぎるとき、わたしたちの会話のその現場に目をやった。金魚はなおも水鉢の中でゆっくりと泳ぎ回りながら、きらきら光っていた。部屋の奥まった薄暗がりからは、鶸の囀りが今一度聞こえてきた。空想が湧いて、鶸は会話のすべてを理解し、鸚鵡と本当に同じように、それを繰り返しているのではないかと想った。それは鶸には不可能と分かっていた。が、多分この瞬間に、わたしは医師の話を、思い出せる限り記録しておこう、と決心したのであった。としても、それは意識的な決心というわけではなかった。わたしは、誰もいない静まり返った部屋の様子に完全に心を奪われていたのだから――ことごとくの装飾や家具が、それ自体の存在をじっと考え込んでいるような様子。わたしを全く除外し、わたしがそこで聞いたり話したりしながら座っていたことを、否定している光景でもある。いやむしろ、医師は幽霊であり、わたし自身もまた同様であることを、宣言している光景といえる。

そうこうしているうち、医師とライリー夫人は庭の中へとゆっくりと歩みを続けており、放牧地（鉄柵で仕切られている）の境に沿って作られている花壇の端まで来ていた。彼らと一緒になったとき、ここまでの細い小道が、さながら小川も時には湖に広がって行くように、広大な芝生に開けて行くのを見出した。目前では、巨大な常緑樹の滝木叢林《そうりん》（あるいは滝木の茂み）の中央に、入り口が枝葉を切って作られてあり、そこを潜って薄暗い中へ入ると、あずまやか隠れ家の気分を味わうことが出来るようになっていた。さらに向こうの、二百ヤードほど草が刈られた土地を越えた彼方では、雑草がまばらになり、果樹園――三列の林檎の木々と三本のプラムの木――が続いていた。木々に生《な》っている丸い果実は、採るには未だ小さく熟してもいなかったが、夕日のなかで無用のランプのように懸かっていた。他の場所では、背の高いトネリコの木が木陰をつくり、隣の納屋の赤煉瓦の壁の前には、古びて今にも壊れそうなガラス張りの温室があった。温室の扉は開いていて空気が循環できるようになっていたので、棚の上に一列に並んでいる異国的な植物とおぼしきものを、ぼんやりと認めることができた。徐々に薄れていく光の中で、鉢植え植物類に関しては無知蒙昧であるわたしなのに、敢えてそれらを蘭に違いないと推定した。

蘭の目新しさにまったく圧倒されてしまったわたしは、目新しさ以上の意義を蘭に求めようとはしなかった。しかし現在のほんの短い回顧においてさえ、医師が特権とみなす或るものを、わたしに提供しようとしていたことがわかる。その或るものとは、彼自身の心の働きを暗示する、秩序と野生の美の結合、ということである。この点で、庭の効果は書斎の効果と似ていた。だがもっとスケールが大きく、しかも大空の天蓋の下では、その影響力はより大きくかつより微妙だった。医師は、美を苦難の知識の対立要素ではなく構成要素として評価している人物なのである。繰り返すようであるが、彼はこの世の限界をしかと見つめてはいても、その彼方に視野を広げている人なのである。

わたしの沈黙は、次第に自分にとってもきまりの悪いものとなり、トネリコの木陰に立っている医師とライリー夫人のところに歩いて行った。彼らの側で足を止めると、二人は少し身を離したが、医師の手はなおもライリー夫人の脇の下に挟まれていた。「蘭を栽培なさっていられるのですね、先生」と温室を指差しながらわたしは言った。

「わたしの趣味です」と声に情熱の火照りを込めて彼は答えた。「室内でより屋外でのほうが一層楽しめます。室内ですと圧迫を感じるのです」

「圧迫を感じる?」とわたしは思わず繰り返した。

「美しいのです。が、あまりに強烈で。あまりに・・・」彼は片手を連れの人の腕から離し、五本の指をもてあそんだ。「あまりに異国的です。息苦しいほどです」。話し終わると、彼の手は再び連れの人の脇の下に素早く滑り込んだ。

わたしは同意するかのように肯いたが、本当は彼がほとんど目にすることのないものを育てるのにこれほどの手段を尽くしているのは異常と考えていた。

「おまけに蘭は患者たちの話題になるのです。時おり来訪者たちを蘭の観賞にお連れします。ご覧になると喜ばれますよ」

わたしはライリー夫人が何か言うのを待ったが、言葉は発せられなかった。彼女は口を一寸まげて謎めいた微笑らしきものを浮かべながら庭を見渡していた。彼女の衿の白さが驚くほどはっきりした明るさで光っていた。「ほとんど治療にはならないでしょうね」と思った以上の厳しい口調になって、やがてわたしは言った。

「その通り」と彼は頓着せずに同意した。「しかしご存知のように、わたしにとって著作の重い責任のすべては、病気に悩む人々に彼らの従来通りの人間性を思い起こさせることにあったのです」

「ご努力には敬服いたしております。おわかりいただけますね」

「ご説明した限りでは、蘭の観賞などは些細なことに思えます。単純過ぎる方策でもあります。ところが、そのようなやり方を医者の職業を形成している一団の屠殺人共のやり方と比べると・・・」彼の声は小さくなっていき、ライリー夫人に一層深く身をもたせかけた。彼女は横から抱きかかえるために彼の肩に腕を廻そうとしていた。「わたしの針路を決めて下さったのは、先輩の外科医でいられたアストリー・クーパーだったのです」と彼は過去そのものを覗き込むかのごとく地面を見つめながらつけ加えた。

この二、三分間に明滅しながらわたしの胸に感じられていた憤りの閃光は、この名前を聞いてたちまち消えた。「もちろんお名前は聞いたことがあります。素晴らしい医者でかつ博愛主義の方です」とわたしは声を大きくして言った。声の中の情熱は本心からのものだった。クーパーの名前が挙がったことで共感の絆が立証されたと考え、真の喜びを感じたのである。だが医師は何ら特別の驚きを示さなかったので、わたしが言わんとすることすべてをすでに承知で、その各側面や各構成要素についてもすでにお見通しなのだ、という奇妙な確信を抱かせられた。わたしは非常に深い意味で彼に劣っているのか、少なくとも年齢においてだけでなく人格においても若輩なのだ、と確信させられた。

「わたしの知る限りでは、アストリー・クーパー卿に匹敵する外科医はいませんでした。勇気があり――しかもきめ細かくて」と彼は静かに言った。それからようやく顔を上げたが、感嘆の気持ちを率直に表わしており、濡れた唇は例のごとく横に広く開かれていた。「クーパーは元々フランスにおられたのはご存知ですね」

「ええ、パリに」

「そう、パリに。わたしの先輩として外科医になられる前のことです。フランス革命の自由主義者たちと付き合っておられました。一度はチュイレリー公園での死の場面(36)を目撃されました」

彼の言葉はわたしの心の中で、医師ケーキ自身のイタリア滞在時期に関する先刻の話と重なり合い結び付いた。彼の生活がウッドハムで如何に隠遁したものとなっているにせよ、以前の実世間での体験になおも影響されており、当時の教訓を忘れてはいなかったのだとわかった。もう一度大胆に聞いてみることにした。

「イギリスに戻られたとき、なぜロンドンか他の都市に定住なさらなかったのですか」。この質問はその場の雰囲気にそぐわず、味気無いものでもあったが、心を乱すようなものではなかった。わたしは医師をやや不利な立場に追い込み、そうすることで、入手しようと決意していた幾つかの余分の知識を、彼から獲得できそうだと感じたのである。

「しばらくはそうしました。でもその後ここに来たのです。なぜとうとう身を隠してしまったのか、とお尋ねなのですね」と彼はなおも虚空を見つめながら言った。

「身を隠したとは言っておりません。ここでどんなにご多忙かは存じています。著作物でそれは明らかになります」

「おや、テイバー先生、それではご自分の質問に答えていることになります。病というものは隠遁を尊重してくれませんし、至る所に発生します。若者は何処でも痩せ細る(37)かも知れないし、医者の治療を必要とするでしょう。考えてみると・・・」

ここで医師は言葉を切ったが、表情が恐ろしいほど突然に変化した。彼やライリー夫人と、何時までも一緒に立ちつくしていられないであろうことは承知していたが、このように早く一緒の時が終わろうとは、やはり予想していなかった。医師を追求しているうちに段々と熱意が増し、また彼の話に夢中にもなって、彼の病状の現実を忘れてしまったのだった。今、彼の真ん前まで歩いて行ってみると、彼の目が眼窩《がんか》からとび出しそうになっており、頭は前方に揺れ動き、掴まってない方の手がズボンのポケットを探っているのがわかった。一瞬のうちに——果てしなく長い時間に思われたが——彼は大きなハンカチを取り出し、口にぴったり当てた。ライリー夫人は彼の腕を離して、肩を抱えたので、頭は彼女の胸に置かれた。

「お引きとりいただかなくてはなりません、テイバー先生」と彼女は早口で言い、わたしには目もくれずに続けた。「帰路はご案内できないことおわかりいただけると思いますが、お迷いになることはありません」

目の前に繰り広げられている光景に深い動揺を覚え、わたしは彼女の言葉をほとんど聞いていなかった。激しい痙攣《けいれん》が今医師を揺さぶっており、体は苦痛によって二つに折れ曲がるほどで、まるで何かを嘔吐しているかのようだった。そうではないのだ。口になおもハンカチをぴったり当て、目から涙を流しながら、彼は咳き込んでいたのである。しかしそれは、普通の風邪の患者の咳ではなかった。間違いなく、肺結核患者の身を深く切り裂く咳であったのだ。見守っているうち、血痕がハンカチに染みていった。異常に真っ赤な血痕と一瞬想ったが、知識のいたずらだった。その瞬間には、何が真っ赤で、何が赤黒いか、きちんと見分けられるはずがなかった。

「お忘れですか、ライリーさん」とわたしは見苦しくない程度の権威をもって言った。「わたしは医者です。患者ではありません。お助けしましょう」

彼女は無言のままこれには逆らわず、ただ今にも崩れ落ちそうな医師ケーキの体を支えながら、わたしに目を向けて唇を噛んだ。それからまるで決心がつき、それに従って行動しようと決意したかのように、頭をひょいと下げて言った。「わかりました」しなければならないことはわかっていた。医師との会合は、社交的であるにせよ形式的な規則によって、両者とも束縛された感情を抱きながら始まったのだった。今はもっと職業上の態度が必要となったが、それは一種の親密さを余儀なくするものである。ライリー夫人の手が医師の手を離したとき、わたしは左腕を彼の肩の下に、そして右腕を彼の両膝の下に入れて抱き上げた。すでに気づいていたように、わたしは彼より背が高かったが、特に頑強というわけではなかったので、医師を運ぶのに困難を感じるものと予想した。事実は、医師は驚くほど軽く思え、あたかも人間ではなくて人間の壊れ易い模型を抱えているようであり、彼の家の玄関の扉まで本当に大股で歩いて行った。ライリー夫人はわたしの前や側をはらはらしながら歩いており、時おり医師の腕や頭に手を置き、意味不明の優しい言葉を呟いていた。医師のほうは、咳も止まって全く静かになり、頭をおとなしくわたしの首にもたせ掛けていた。彼の皮膚の熱と小鳥のような骨の繊細さが感じられた。心臓の鼓動も聞こえたように思ったが、ことによるとわたし自身の心臓の音だったのかも知れない。

玄関に入ると、ライリー夫人は素早く先導し、付いてくるようにと言って前には気がつかなかった階段を上がって行った。二階の廊下まで来たとき、医師は抱えられたまま軽く身動きしてわたしの目を真っ直ぐ見つめた。その眼差しは、恐れと悔いの入り交じったものであったが、決してわたしには忘れられないものである。わたしの目は涙に溢れ、胸は同情の念で締め付けられた。彼は知り合ったばかりの人であるのに、事情により、また自然に湧いた愛情により、最も強く共感できる人とわたしには感じられた。

ライリー夫人は廊下の奥で、幅の狭い戸を開けながら立っていた。医師の足が入り口の枠にぶつからないように、わたしは体を横にして通り抜けると、庭に面した部屋の中に入っていた。その部屋の様子については、知る機会もなかったし知りたいとも思わなかった——ただライリー夫人が灯しておいて半分短くなったローソクの光によりわかったのは、壁がくすんだ灰色で、室内には微かに樟脳《しょうのう》の匂いがし、大小様々なテーブルの上には各種の本があるということなどだった。わたしがひたと注目したのは、部屋のほとんどのスペースを事実上占めている医師のベッドだった。それは旧式の天蓋のあるもので、大きなゆり籠を思わせ、両側のカーテンは（菫の小さな花束が刺繍されたもの）小奇麗に引き寄せられ、枕はふっくらと高く、敷布はすでにまくられていた。ライリー夫人は水差しから水をグラスに注いでいたので、彼女の指示を受けるまでもなく、わたしは医師をベッドに寝かせ、手足を伸ばしてあげた。同情の素振りをさらに示すために、医師の額に手を当てた。思った通り、熱かった。思いがけなかったのは、彼の皮膚の肌理《きめ》であった——異常に厚い肌を暗示するものである。わたしが手を引っ込めると、彼は口からハンカチをすべり落とさせ、声は立てずに「ありがとう」と唇の形で示した。歯が血で赤く染まっていた。

わたしは後ずさりした。荷を降ろしたときにわれわれを襲う、あの奇妙な立ち眩みの感覚に初めて気がついたのである。わたしの荷は取るに足らないと考えていたのだったが、今やわたしは天井にほとんど浮いて行きそうな感じだった——そして確かに体が揺らいだ。それで一瞬の間、わたしは本当に部屋の中にいるのではなくて、或る高みから部屋を眺めていた。自分の存在は念頭になく、医師とライリー夫人だけに注意を集中していたと言ってよいのだろう。わたしは、彼女が片手を彼の頭の下に入れて前に起こし、唇が少し開くと彼の吐いた息が差しかけたグラスの水に輪を作るのを見た。わたしは、ライリー夫人の赤毛が象牙のように白い頬の上で光るのを見た。医師の片手が敷布から離れて（偶然とは思うが）彼女の胸にさっと軽く触《さわ》るのも見た。それは無言の光景であったが、なんとなく一枚の絵画のように完璧であり、わたしが正気に返ったとき、自分の存在を邪魔なものに違いないと思わざるをえなかった。同時に、何か他に出来ることはないか尋ねたい気持ちにも駆られた。

　ライリー夫人は何もありませんと答え、ただ医師ケーキがすでに話していた新しい医者であるガレット氏を、村内の彼の家から呼んできていただけたらとのことだった。わたしは快く同意し、もうガレット氏とは一緒に戻らず失礼して、翌朝はロンドンに向けて発ち、それから自宅へ帰るつもりで、そこで医師ケーキのご回復の吉報をお待ちしますとつけ加えた。すべては直ちに取り決められ、後は暇乞いをするだけとなった。

このような状態において、わたしが出来るだけ素早く別れを告げるのは、絶対に必要なことだった——さもないと感情的過ぎる言葉を口にしてしまうであろうから。わたしはただ医師のベッドの側に立ち、一日も早いご全快を、と言った。驚いたことに——というのは、彼にそのような力が残っていようとは思わなかったので——彼は片手を上げ、その銀の氷のような手を一寸の間わたしの掌中に置いた。

「またお出で下さい」と彼は喉をぜいぜいいわせながら囁いた。「お話し合いを終えていません」と唾を飲み込みながら続けた言葉は、もっとはっきりしていた。「わたし自身の話が多くてすみませんでした。もっとお尋ねするつもりだったのです。貴方の仕事や著作物について」

「たいしたものではないのです」と彼の親切さの更なる証しに顔を赤くしながらわたしは答えた。

「わたしにはそう思えません。またお出で下さい」。彼はわたしの手をごく軽く握るために力を振りしぼったので、皮膚の下の骨が顕わになった。それから彼は手を離し、目を閉じた。

「お伺いします」とわたしは、目を閉じたまま無言でいる医師よりはむしろ、ライリー夫人に向かって言い、礼の言葉も付け加えた。最後に心に残ったのは、あたかも先刻の彼女の決意の一部は、わたしを本当に友人に加えるということであるかのような、非常に美しい率直な微笑を湛えた彼女の姿だった。それからわたしはベッドを離れ、階下へ急ぎ、戸外へ出た。

教えられた家を見つけるのは難しくなかったし、医師ガレットは（熱心な面持ちの青年で、ナプキンで唇を拭きながら現れた）即座に病人のもとへ急ぐことを受諾した。一段落したとき、わたしは旅籠に戻ってステーキを食べたし、現在これを書いている部屋に一人で籠もることも出来た。食事の間に心に浮かんだ事柄は、今日の午後の出来事の追想記に含めてあることなので今晩は何も記さない。ただ今日という一日は、生の喜びと死の苦しみを、異常な明瞭さで知った一日だ、とだけは言っておこう。もしあの医師が助かってくれるなら、再訪の栄をもつためにあらゆることをしよう。

第3章

テイバーのケーキ追想記の第二部は、第一部と同様に、ありふれたクリーム色の紙に平凡な黒インクで書かれている。しかし第一部の書体が終始一貫しており整っているのに反し、第二部の書体は雑然としている——多くの文節が大急ぎで書かれており、幾つかの綴り字の間違い（そっと訂正しておいた）もある。言い換えれば、この文書は初稿であり、第二稿が存在しない以上、テイバーがこれを書き出すまでに、出版の計画を放棄したことを暗示している。明らかに、ケーキの死の直前の日々に書き出され書き終えられた文書である。

わたしは医師ケーキについてもう何も耳にしなくても驚かなかったであろう。彼の病の発作により、あんなにも突然しかも不安を残して終了したケーキ家訪問の翌朝、わたしは彼の様子を探り出そうと取って返すことはせずに（すでに長居し過ぎていたと感じたので）、真直ぐにフィンチリーに戻った。残念なことにわたしの不在は患者たちの間にかなりの不安を引き起こしていた。彼らは通常以上の熱意をもってわたしの治療を要求することでわたしの怠慢を罰した――そのため患者を診ることが、事実、満足感をもたらすと同時に試練ともなった。ケーキ家訪問の記録を読み直すための十分な時間をもつまでに、たっぷり一週間は過ぎていた――記録には、案の定、『概観』(38)のために役立ちそうなことはほとんど見出せなかった。医師ケーキの人間性に対するまとまりのない全般的な印象を残す記録ではあったが、それは尊重しても正確に評価することは出来ないものだった。

記録の頁を読み直すのと時を同じくし、しかも遅延に対する自責の念に駆られながら、わたしは医師に手紙を書き、おもてなしのお礼とご回復の報せを切望する旨を記した。だが正直なところ、返事は期待していなかった。わたしの手紙は、他の無数の混乱の真っただ中に到着するに違いなく、忘れられてしまうだろうと想像したのである。ところが、数日後にライリー夫人から通知を受けた。明らかに医師が口述したものを代理に書き取ったもので、出来るだけ早く再訪するようにとのことだった。丁寧な手紙ではあったが、命令するようなところもあった。喜んで受諾する気に直ぐになってしまっていなかったら、まるで呼び付けられた、と感じたかも知れなかった。

ライリー夫人の筆跡の見事さには一寸目を見張ったと告白する。医師自身から教わったものと想像したが、彼ら二人の親密さのもう一つの証しであった。しかしこの点に関しての思案は、再訪依頼を受けた驚きに比べれば問題にならなかった。ただわたしが信じたのは、医師がこの地上での生をもう長くないと感じて、『概観』の中に含まれないと残念に思われる職業的意見をもっているのだ、ということだった。わたし自身は現在、この面における彼の有用性を疑問視するようになっていたわけである。だがこの感情よりは、彼と話をしなければならないという切羽詰まった気持ちのほうが遥かに強かった。フィンチリーに戻って以来ずっと、仕事の重圧にもかかわらず、医師への心酔は衰えることがなかった——否むしろ強くさえなっていた。彼の人生の幾つかの側面が深く印象に残っていたし、彼に意見を聞きたい、医学とは関係のない事柄もあった。それゆえ、矢継ぎ早の質問に耐えられるほど健康を回復されたかどうか再確認するために直ちに手紙を書いた。返事は（再びライリー夫人による）、大丈夫です、とのことなので、再訪の計画を立てた。訪問の形式は前回と同じと思ったので、予想のつく患者たちに不在になることを告げて、ウッドハムへの途についた。

イギリスの夏のような短い季節に、景色の状態が如何に変化するか注目してよかろう。ウィタムからの前回の旅では、馬車がゆっくり進むので、初夏の田園の美しさを眺めることができた。生垣の低木の列は明るくきらきらする緑に生い茂り、橅《ぶな》の葉は革のような覆いの芽包から出たばかりで浅黄色をしており、春の花々は路傍になおも咲き残っていた。今、八月初めの或る日の午後、しんとした暑さの中で、道路から舞い上がる埃が風景全体を覆い、ほとんど霧がかかったように思えた。芥子の赤い花がいたる所に点々とする麦畑は、焼け付く太陽の下で一面に金色と化し、それぞれの斜面は、横になった人間の体の熱を発散しているかのように見えた。それは充溢の光景であった――豊潤と成熟で充ち溢れた光景――しかし同時に疲弊の光景であり、詩人たち、特に或る詩人、が描写したものである。(39) 視界に入ってきた村々の名前は、イラクサや茨の厚い藪にさえぎられてしばしば定かにならなかった。或る地点で、茂みから茂みへと厚かましくひょいひょい歩き渡る山鶉《やまうずら》の親子の安全のために、御者は馬車を完全に止めてしまった。生殖力の印象があまりにも強く、充満の感覚もあまりにも激しかったので、ウッドハム村の入り口の小さな橋に着き、さらに勾配を登り始めたとき(睡蓮の葉の下に隠れたブラックウォーター川を後にして)、わたしは別世界に続くトンネルに入ったように感じた。すべてが、新しく一層どんよりと曇った眺望の中で、捉えられたのである。この状態で、最初の訪問の気分が戻ってきた。あの折りわたしは、医師ケーキと彼の家のことごとくのものを、単に紹介されたというだけではなく、奇妙なほどはっきりと、わたしの心の奥深く刻み込まれたかのように思ったのだった。

御者に支払いを済ませ、旅籠の以前と同じ部屋(記憶していたより小さく、しかも暑さの中で悪臭を放っていた)に入り、休息した後、徒歩で医師の家に向かった。もう夕方になっており、日中の天候は悪化していた。むくむくと湧いた炭色の雲の大きな塊が――紅色で縁取られてはいたが――西の空を暗くし、温かい風は木々を揺らして低いざわめきの音を絶え間なく立てていた。その結果、日暮れは早められた。従って最後の小屋々々を通り過ぎたとき、わたしは夜そのものの腕《かいな》の中に沈んだように思えたのだった。子狐が低い川岸から小道に跳び出し、よそ者がいるのに気づいて、大胆にもわたしを睨みつけ走り去った。二、三羽の雀らしき小鳥がねぐらで身を寄せ合っていた。一羽のかけすが、わたしの右手にある枯れた楡の木に止まり、しわがれた甲高い声で（遅まきながら）わたしが近付くのをおどした後、さっと飛び去り見えなくなった。その青色の閃きは、翡翠《かわせみ》のように鮮やかだった。

そのほかは、辺りは荒涼としており、昇りゆく月が雲間に突然現れたりしたが、風は囁きを深め、幾分脅すような音を立てていた。わたしより神経質な人だったら、その風の囁きを合図または警告と受け取るか、少なくとも手提げランプを取りに旅籠に戻っただろうと思う。ところが、わたしは落ち着き払った様子で歩くのを続けていた。

そのような体裁を維持するのは徐々に困難になった。医師に再会すると思って熱意に満ちており、彼の容態に対する気遣いも十分にあったけれども、瞬間的に襲った不確かさの感覚の中で、道に迷ったのではないかという恐れが湧いたことを告白する。暖かい家の灯火が前方にはなかった。見慣れた事物もわたしが通る辺りには現れてこなかった。周囲全体の空虚さをひしひしと感じながら、ことによると前回の訪問は一種の幻想で、医師自身も幻影ではなかったか、と独り言をいった。それは馬鹿げた考えだったが、同時に、われわれが如何に急速に一つの気持ちからもう一つの別の気持ちに移ったり、先頃まで信じていたすべてのことを疑ったりしうるか（その逆もある）ということの証しでもあった。その上、われわれを従来の生活に結び付けているあらゆる絆との関係は、如何にたやすく失われうるかも想起させた。その小道に立ったまま、後方の村は消え、前方には暗闇のみとなった今、わたしはこの世で一人ぼっちであり、沈黙と空虚以外には、たどり着く当てがないと思った。意気消沈の思いであり、何事かを計画した際の自分の卑小さを思い知らされた。

雲が再び消えたとき——一滴の雨さえ降らさずに頭上を去ったのだ——わたしが想

像したほどは暗闇が深くなかったことを信じ難く思いながら、無責任な幻想に耽った自分を叱った。もっとも今までよりも沈んだ気持ちで歩を進めたが、その後に起こったことを考えると当然であった。わたしは医師の邸《やしき》の境をなす植林地の端に着き、その縁に沿って門まで歩いたが、その先は短い接近道だった。門の扉は閉まっていた。その鉄の取っ手を操作すると、木製の扉の表面でキーッという大きな金属音を立てたので、ライリー夫人にわたしの到着を知らせたのではないかと思った。しかし家は静まり返ったままだった。今雲はなく、まさに柔らかい夕べの色が漂う大空の下で、家の正面は頭蓋骨のように白っぽかった――煙突から立ち昇る羽毛のような煙の他は生命の印とてない。

玄関の石段まで進みノックしようとして手を上げた。そこでもう一度、予期しない変化がわたしの内部に起こった。医師に強く惹かれており、彼の話をもっと聞きたいと熱望していたけれども、わたしはまた異なる種類の好奇心にも駆られていたのだ。手を下ろし扉から離れて、静かに家の端を回って庭の方へ行った。足音はしなかった。自分でも何をしようとしているのかよくわからなかった。以前受けた親切に対する容認し難い非礼とだけはわかっていた。ただ思うには、新しい観点、つまり医師を遠くから眺めることで導き出せる理解、を求めていたのだろう。近くにいると、わたしというものが、彼自身のより強力な自我の力の餌食となってしまうように感じていたのだ。

医師の書斎のフランス窓は閉じられていたが、カーテンは引き開けられていて、部屋を小劇場のように見せていた。依然としてこそこそと友人というより犯罪人のように、わたしはギンバイカがその長いおしべを窓ガラスに擦《こす》りつけている茂みの中に忍び込み、瞳をこらした。最初に目に留まったのは、思わず大声をあげて自分の存在を知らせてしまうほどの物だった。驚きはそれほど大きかったのだ。医師の家の金魚鉢が、背後から二、三本のローソクで照らされていて巨大な目玉のように見え、ゆっくりと円を描きながら泳ぐ金魚と共に、わたしの目と向き合った。幸いにも声は立てずにすんだ。わたしは姿勢を変えて、もっと楽に部屋を覗けるようにした。医師は、予想した通り、例によって苛立ちからくる疲労の様子を見せて、寝椅子に横になっていた。顔の半分は恐ろしく青ざめており、もう半分は暖炉の火の火照りで赤らんでいた。

シャツは襟元のボタンが外れており、毛布は胴の辺りでしわくちゃになっていた。彼は片手で暖炉の火格子を指差していた。ギンバイカの枝を押し下げると、ライリー夫人が暖炉の前囲いの側に跪き、書類や封筒などを次々と火に投げ入れているのが見えた。医師が指で焼却を指示していたのはこうしたものだった。

言葉は発せられていないようだった。だが時おりライリー夫人は振り返って彼を見た。（彼女は白い室内帽をとっており、赤茶色の髪の毛の輝きがまるで火の反射そのものを想わせた。）彼女の動作にはためらいがあった。ゆっくりと気遣わしげであり、そして時には一枚の紙を持ち上げてみるのだが、医師はできる限り荒々しく頷くので、焼かれることになる。周囲に散らばった紙の山がなくなると、彼女は立ち上がり部屋を横切って本箱のところへ行き、その下部に嵌《は》め込まれた引き出しからもう一抱えの書類を取り出し、暖炉のところに戻りうずくまるのだった。全くの静寂の中で行われてはいたが、悲惨な作業であった。その意義全体は推測できなかったにせよ、医師が必死の思いで、長いこと遅れてしまった願いを成就すべく指図しているのは明らかだった。生涯を終える前の最後の指図である。

この光景を見ていると、時おり蜘蛛やてんとう虫などがわたしの周囲の葉むらから離れてきて、顔や耳にうるさくくっ付いたりした。ひどく厭わしかったが、自分が見つからないためには、そっと手で払い除ける以外に方法がなかったし、次第に虫たちのむずむずする攻撃に慣れもした。事実、慣れ過ぎてしまって、隠れたままどれほど長く立ち尽くしてしまったかわからないほどだ。その無言劇に催眠術を掛けられたようになっていたのである。だが、変化を起こさせたのは医師自身であった。ライリー夫人がもう一度彼の判断を仰ぐために一枚の紙を差し出したとき、了承の頷きは咳き込みの発作を誘発した——前回わたしが見たものほど激しくはなかったが、それでもライリー夫人は仕事を打っ棄ったまま、二、三分間は彼の体に手を回して彼の額の汗を拭うという一層気の滅入る作業をしなければならなかった。それから彼を寝椅子から起こし、部屋を出て——多分ベッドへと——連れて行った。すべての行動が最高の優しさを伴うものだったので、見ている者は二人が夫と妻に違いないと想像しただろう。彼らが廊下の暗闇に消えて行ったとき、医師の頭は彼女の肩にもたれていた。彼女の右腕は彼の背中に回されて脇腹をしっかりと押さえていた。

今こそ隠れている場所から安全に出て行ける瞬間であることはわかっていた。だが入念に調べるのは気が引ける理由で、わたしはそこに立ち尽くしたまま発見される恐れもなく、部屋の様子にしげしげと見入っていた。なおも書類が床に散らばっていたり、開けたままの引き出しにはもっと別のものが入っていたり、暖炉の火は火格子の中で消えかかっていたりすることを除けば、すべてが記憶にある通りだった。本棚にある書籍類は見慣れた鈍い光を放っていた。壁に掛かっている取り揃えた絵画と屏風に張られた切り抜きの絵は、勇壮と恋愛の凍結した場面を依然として提供していた。鸚は籠の中で沈黙して止まり木に身を寄せ、今夜はあまりにも静かだったので眠っているのだろうと想った。しかし、わたしの注意を引いたのは事物そのものではなかった。むしろ、事物が或る人生全体を想起させる暗示力ということだったのである――如何にわれわれ各自は、自身に対し無関心であるはずの事物によって生存を説明されることになるか――だがその事物は、われわれの後に残り、一般の在庫品の仲間入りをし、そこから間もなく再び取り出されて新しい環境で異なる役割を与えられる。つまり、部屋というものは、人間のページェントにおいて停止中の劇的場面なのである

――しかも、その哀感はわたしの居場所の風変わりさによって一層強められた。この家に来る途中にこうむった、あの精神的混乱の中で、通常の経験の境界が霞むのを感じたものだった。今、顔を医師の家の窓ガラスに外から押し付けて、自分は生活の外側に完全に出てしまっていると感じながら、生活の状況や限界を調べることが出来たのである。その経験は、意気消沈させるものであると同時に、意気高揚させるものでもあった。

こういった瞑想から、もっと平凡な問いへとわたしは移って行った。つまり、隠れている場所から出て、すぐに旅籠に戻るべきか、それともライリー夫人に来訪を知らせるべきか？　後者の方が、より礼儀正しいように思えた――彼女が医師の世話を済ませてからのことではあるが。そのための時間を考えて、わたしはもう少し隠れたままでいることに決めた。今になると、この決定は奇妙なものに思える。何故なら、礼儀正しさを意図すると言いながら、自分の欺瞞を一層深めることになったのだから。その時は矛盾に気づかなかった。事態に完全に心を奪われていたので、明晰な判断など出来ない状態だったのである。

物陰から出来るだけ静かに、しかも勿体ぶって現れ、ようやく顔や首から虫などを全部とり払いもした。わたしは庭に向かい、花壇の端で微かにわかる曲がりくねった線を辿ってさらに歩いて行った。月桂樹の木陰の巨大な広がりを眺め、ついにガラスの温室まで来た。夢うつつで歩いている人のようだった。ひんやりとした黄昏の空気が頬をなで、足はほとんど地に着いていないようだった。その結果、前に小道でわたしを捉えた不確かさの感覚が戻って来た。しかし、なぜかはわからないが、孤独の感情はもはや起こらず、自分が周囲を取り巻く王国の一部となったかのような、合体と帰属の感情をもった——つまり下に垂れている樹葉の群れ、湿った草々の葉先、眠っている小鳥たち、そのうえまごまごしている数羽の蛾、の王国の一部である。

ガラスの温室の扉は開けたままになっていたので、身を一寸よじるとそのまま中に入って、ブリキの床を踏むことができた。空気が直ちに暖かい包帯となってわたしを包んだ。空気にそのような触感が存在したのは、長い夏の一日で温まっていたという事実のためだけではなかった。わたしを圧倒したのは空気に含まれている花の香りであった。医師の愛《め》でる蘭は、夕刻の暗がりの中でもはっきりと見え、もの問いたげにわたしのほうを向いているようだった。あるものは蛇が口を開けたような形で、青白い喉の奥まで露わにしていた。他の幾つかは小型の鈴のようで、さらに他の幾つかは縁なし帽かボンネット帽に似ていた——どれも色は幻想的で実生活の色はなかった。つまり、赤みがかった深紫色。血痕のような赤斑が点々と散っている鮮黄色。恥じ入ったかのごとく色を徐々に深めている紅色。数週間前、わたしが庭を横切りながらそれらを初めてちらと見たときは、異国的で喜ばしく思えたものだった。現在、それらは明らかに不快なものとなっていた。細長い茎の先に咲き、周囲の葉から呆れるほど離れ、(何枚かの葉は根元の周りの苔の生えた土より低く下がっていた) 蘭の花々はしゅっーと言ったり、はっと息を呑んだり、はーはー喘いだり、あるいは別のやり方で空気とひどく格闘しているかのようだった——あたかも息切れするのが蘭の本来の状態であるかのごとく。

そのような幻想的光景を目の前にすると、よほど鈍い頭脳の持ち主でもすぐに考えを花自体からその所有者なり管理者へと移すことになるだろう。わたしは即座にそうした。医師が、ローソクに照らされたベッドの (いわば) 洞穴の中に横たわり、枕にもたせかけた頭は光っていて、多分ちょうどこの瞬間ライリー夫人の差し出すワインのグラスを受け取っているであろうと想像した。彼は育てた花々が茎の上で凋《しぼ》んで落ちるのを見るまで生きることはないであろう。それはわかっていた。わからなかったのは——誰でも他人に関すると決して本当にはわからないものであるが——医師の蘭に対する深い想いの正確な状態であった。わたしは、医師としての仕事上多数の人間——男、女、子供——が死ぬのを見てきた。そしてその死に方の多様さに驚いてきた。痩せた年寄りの禁欲主義者が泣きじゃくる幼児になったり、幼児が禁欲的になったりした。敬虔な処女が機会の十分あった時には見向きもしなかった生活をなりふり構わず求めるようになったりした。有徳を学問の全目的とする牧師以上に、罪人が有徳に対する理解を示したりした。ただ一つの結論が、わたしの観察から引き出せた。つまり、人間の最高の才能は、生命力にまだ溢れている間は、死を無視する能力となるけれども、生命力が弱まり間もなく失われると知るやいなや、われわれはそれ迄その存在に気づかなかった自己の側面を発見するものである。この意味で死は最高の啓示の瞬間であり、以前悟らなかったのが悲劇である自己認識を生じると考えられよう。真実、墓の中にもっていく最大の秘密は自分自身の理解ということである。

　ここで気がついてうんざりしたのは、温室の熱気で汗をかいてしまっていたことだ。シャツは背中にくっついてしまい、顔中に汗が吹き出していた。しかしその暑さにほんの一瞬の間だけ、あるいは数分間も、耐えていたのかはわからない。瞑想の迷路をさ迷っていたのだから。庭に再び出たとき、ポケットからハンカチを取り出し、顔にパタパタと軽く叩き付けながら汗を拭った――見ている人がいたら、わたしのことをいかがわしいとまで言わなくても、滑稽な人物と思ったに違いない、と今一度自覚した次第であるが。(40) この時は、結局わたしが普段自分の人柄と考えているものを想起させられたわけだったので、当惑と共に恥ずかしさを感じながら、侵入の道筋を再び辿って家の玄関の扉までようやくのことで歩を進めていった。着いたとき、接近道の両側の暗い木立で一、二羽の鳩が羽を眠たげにばたばたさせ、それからじっと静まり返るのがわかった。

　扉を一度叩いただけで、ライリー夫人が燭台を持って入口まで出てきた。空いているほうの手で彼女はボンネットの下に髪の毛をねじ込もうとしていたので、その時あわてて帽子をかぶったに違いなかった。夜遅く訪問したことを詫び、つい先刻村に着いたような振りをしたが、彼女はわたしを見て一向に驚いた様子を見せなかった。事実、前回の訪問の折りに彼女が見せた素っ気なさに比べれば、彼女の態度はわたしを古くからの信頼できる友と見なしていることを暗示していた。医師の健康が先日の会合以来悪化しているうえに、ちょうど今晩悪い咳の発作に襲われたと彼女は説明した。始終低い囁き声で話すので、アイルランド訛りのためもあって、聞き取りにくかった。もっとも彼女が話していることは、すでに知っていることだったので、ほとんど問題にはならなかったが。

「上の部屋でお目に掛かりましょうか」と医者の役割を意識しながら尋ねた。

ライリー夫人は、予期した通り、その必要がないことをわたしに確信させた。でも明朝、朝食の後で戻ってきて下されば、医師は喜んでお会いするでしょう、と誘ってくれた。

わたしは有り難くお誘いに応じる旨を伝え、一寸間をおいてから自分の声とは思えないような奇妙で平板な声になって「ライリーさん」と付け加えた。彼女に何を言いたいのか、聞きたいのか、はっきりしなかった。ただわたしたち二人の間で何かもっと近付きを進めないままこの瞬間を過ごしてしまうわけにはいかなかったのである。

「はい？」と彼女はためらいがちの声で応じたが、それでもその響きのため背後の木立の中で鳩はまたも怯《おび》え、ねぐらでがさがさしていた。

「なんでもないのです」とわたしは言った。「明日にしましょう。お休みなさい」

ローソクの光の揺らめきが照らしたり翳をつくったりしている彼女の顔を、その細い炎の向こうにわたしは認め、彼女がわたしの最後の言葉をただ繰り返すだろうと予想した。

驚きかつ嬉しかったことに、彼女はもっと積極的だった。

「何時もこんな具合というわけではなかったのです」とだけ彼女が説明した。

「と言うと？」

「先生はいつもこんな具合というわけではなかった、と申したいのです」

「勿論そうでしょう」とわたしは当惑の笑い声を立てながら言った。ライリー夫人は、あまりにもわかりきったことをわたしに告げているので、引き止めるための別の理由が存在することを、不器用に仄めかしているのではないかと思えたのである。

すると彼女自身も笑った——玉を転がすような低い笑い声だった。「勿論、本当に勿論、そうです。もっとはっきりと、先生が健康なときにお会いいただきたかった、と申し上げるべきでした」

「先生は明らかに並外れた方でした」とわたしは言ったが、自分の言葉はライリー夫人や医師の言葉に比べると、何と面白みのないものかと（初めてではなく）悟った。

「並外れたとは、せめてものことです」と今度はもっと素早く彼女が応じた。「先生は半分ぐらいの年の若者以上に活力があり、もっと・・・」彼女は手にもつ燭台を小さく回したので、その光が彼女の顔を横切りながらぱっと燃え、縮んで、また燃え上がった。「もっと素晴らしく、もっと情熱的でした」と彼女は続けた。「皆がそれで先生を大好きだったのです。大好きだった理由はおわかりになりましたね——それはご説明できることです。でもきっと身に沁みてはおわかりいただけないと思います。貴方様は先生が苦しんでいらっしゃるのだけをご覧になったのですから。そして先生を死にかかった方としてのみ常にお考えになることでしょう。ところがわたくしは先生が死んで行かれるのを常軌逸脱と考えるのです。わたくしにとって先生は何時も健康な方なのです。男盛りの方です」

ライリー夫人が最後の言葉を口にしたとき、声が震え、彼女はうな垂れた。その機会にわたしは彼女をもっと身近に見つめることができた。小さな赤い斑点が両頬に現れ、喉の白い皮膚へと染みて行ったので、一瞬彼女は、あの有能で尊敬すべき女性というよりは、別の種類のいとしさを感じさせる愛らしい少女のように思えた。だがわたしは身動きせずに立っており、彼女の言葉を自分の想像力の中に沈めるだけだった。彼女の言葉は、医師のかつての壮健さに注意を喚起することで、医師の病弱を示すあらゆる徴候を目撃してしまったわたしの悲しみを、反って深める効果をもたらした。心の目でわたしは、医師が村やその周囲の小道を大股に闊歩し、家々の扉を一生懸命叩き、何時もとにかく衆目の的であるのを見て取った。即座に、そしてはっきりとした重みで、わたしは医師の善良さの力を感じ取った。

「貴女が知っていたようには、先生を知ることは決してありえないでしょう」とわたしは穏やかに言った。「でも想像することはできます。お約束します」

これを聞いてライリー夫人は再び顔を上げたので目が合った。彼女は微笑んだ——ゆっくりとした微笑——そして燭台をわたしの方へ差し出したので、炎の熱が口づけのようにわたしの顔に感じられた。するとまたそれを引っ込め、彼女は無言のままでいた。わたしも何も言わなかった。これ以上何か言葉を発したら、知られたくない激しい感情をつい表出してしまうであろうから。ただゆっくりと頭を下げ、ローソクの光の環から出て向きを変えると、接近道を素早く歩いて行った。門に着き振り返ったとき、玄関の扉は閉まっており、ライリー夫人の姿は見えなかった。卑しい夜盗のように家の周りをうろついた後で、こんなにも好意的に迎えられ、あんなにも絶妙な感情を密かに知らされたという思いは、旅籠までの小道を罪人のようにこそこそと背を縮めて歩かせる結果となった。わたしが旅籠の部屋に戻る前に、ライリー夫人はローソクの火を消していただろうと思う。消す前に先ず暖炉の側に散らばった書類を集め、ことによると残り火に入れて燃え上がらせてしまったか、あるいは本箱に戻して医師の今後の指示を待つのであろうか。

第4章

テイバーの手稿は同じクリーム色の紙の別の頁に続いていた。

その夜は夢を見るというよりはむしろ、よく目を覚まさせられたのだが（教会の鐘がやかましかったので）、翌朝早く起きだすと旅籠の主に頼んで、注文したわけではなかったベーコン付き朝食を取り止めさせ、卵とパンだけの簡素な食事をもらった。食欲がなかったのは興奮のためと思う。わたしの関心のすべては、これが最後となるに違いない医師との会見に向けられていた。食事が終わるとすぐ、医師の家に行くことにした。

　あまり良く知らない道では、記憶が奇妙ないたずらをする。近くに一緒にあると信じていたものが遠く離れていたり、巨大だと憶えていた物体が実際は小さかったりする。同じことが今回の短い旅にも言えた。前日の夕方、立ちつくして炭色の雲がわたしの方へ押し寄せてくるのを眺めた、枯れかかったシャクの茂み(41)のかたわらの地点は、あのとき村からかなり離れた距離にあるように見えたのだった。それが今はほんの一歩で村という所なのだ。しかも今はのどかで翳《かげ》ることのない陽光を浴びており、以前目撃した荒れ模様の兆しなど全く見られなかった。何処を見回しても——道端で頭を垂れている草々、ブリオニア(42)や他の生垣の花々、光っているブラックベリーの茂み——そういったものには平和と豊かさの証ししかなかった。この印象は、そよ風が穀物畑を規則的に波立たせて吹き渡り、辺り一面を海原のようにうねらせたとき、一層強められた。それは、われわれが観察するものの真実はそのもの自体にあるのではなく、むしろ観察者の気分によるものだ、というはっきりした証拠——もし証拠が必要ならば——であった。

われわれ人間が環境に対して持つこの力に鼓舞されたので、わたしは医師の家にたちまちのうちに到着した。ここでもまた前の晩の騒ぎの印は見られなかった。煙突からの煙もなく、庭へと回って行ったわたしの足跡を示す土の上に露も見られなかった。ただ穏やかな朝の陽光が家に射しているだけだった——そして、ライリー夫人はノックの音がまだ玄関にこだまして響いている間に扉を開けた。彼女の姿は静穏の印象を確実なものにした。室内帽は清潔に洗われており（彼女のさっぱりした綺麗な顔もまた、その輝きからして同様であろう）、彼女は恥ずかしげに微笑んでわたしを医師の書斎へ案内しようとした。この微笑だけが、わたしたちの間に最近何かが起こったのではないかという唯一の印だった。

玄関の薄暗がりの中へわたしたちが入っていくときに、「先生は今朝、昨晩より具合が良いようです」とライリー夫人が囁いたが、ひどく沈んだ調子で言ったので、「具合が良い」は、安堵感を完全に伝えるもののようではなかった。わたしは帽子をテーブルの上に置き、お礼の気持ちを込めて肯いた。今は長く話している場合ではないと感じたのである。医師に会いたいと一心に願っていたし、その気持ちを別の種類の考えで乱したくなかったのだ。

わたしは今、伝えようとする出来事の数日後になって、この報告文を書いており、従って（最善の努力はしても）起こったことの正確な順序と表現手段を忘れてしまっているかもしれないと考える。そこで、出来事を再構成する試みに或る程度の自由を許可していただきたいと思う。何もでっちあげたりはしない。ただそこここで必要な円滑性を加味し、「その時」がゆったりしたものであると共に緊迫したものでもあったと思わせたいのである――事実その通りだったのだから。

医師の部屋は、ちょうどわたしが記憶していた通りだった。版画や書籍からは以前と同じおぼろな静寂さが発散しているように感じられ、フランス窓からは同じ光の洪水があり、前回と同様の穏やかな密集性と温かさも存在した。これらすべてをほっとした気分で眺め、わたしは直ちに屏風の陰へと歩を進めた。医師は、ライリー夫人と同じく、清潔な木綿の服を着て目の前の寝椅子に横になっていた。わたしはしばらくの間立ち止まったまま彼を見つめた。彼の顔は（昨夜は、はっきりと見えなかったが）

やつれが一層目立つようになり——唇はまだふっくらして血の気もあったが、口の周りの皮膚がつっぱり、そのために口は絶えず開きがちになっていた。彼の息もまた病状をゆくりなくも表し、苦しげに吸い込まれては、はっきりと喘ぐ音の連続で、さらに時おりは窒息するのではないかと恐れるような、ぜいぜいと喉を鳴らす息の逆流も聞こえた。

わたしの姿を認めるやいなや、彼の顔はぱっと明るくなった。で、それまでわたしが気遣っていた痛ましさは消えてしまった。「テイバー先生」と彼はかたわらの椅子を指差しながら言った。「詩人として、それとも医者として、お越しですか?」

この質問は、当分の間そっとしておきたかったことをあまりにも完璧に前面に出したので、わたしは実際のところ赤面したと思う。しかし、彼の指示通りに、決められた場所に腰を下ろすと、彼はわたしの気持ちを察して答えなくて済むようにしてくれた。「どちらでも構わないことです」と彼は続けた。「いずれにせよ貴方は治癒的感化力のある方ですから」(43)

わたしの赤面は、こう言われて深まるべきであったのに、反対に消えていき、握手のために身を前に屈めたとき、ただ嬉しいだけだった。彼はわたしの手を自分の手の中に置いたまま、しばらく両方をじっと見つめていた。「わたしの手は老人の手です。何時もそうでした。若いときでさえも」。それから溜め息をつき、手を引き、身を後ろへ沈めた。口からの息が臭かったので、わたしは思わず背を伸ばし、部屋中を見回した。すべては以前通りだった——鶸、絵画、金魚、錠剤服用の小道具、色のついた水薬の小瓶、それからすぐ側の本類。暖炉では火格子が綺麗に掃除され、新たにくしゃくしゃにされた新聞紙が一緒に置かれてあった。その上には焚《た》き付け用の細長い紙の切れ端数片とローズマリーの小枝が一本きちんと整えられていた。灰の匂いが小枝の甘い香りと交じり合って、医師の出す病臭を消し去っていたのだった。

「ポリーは今も世の中に満足しているようですね」とわたしは無用とも思われる礼儀の気持ちで言い、籠の中の小鳥を指差した。(本当は、小鳥は元気一杯とは見えず、止まり木の上でくすんだ緑色の塊に身を縮めていたのだ。)

「そう、ポリーには何時も良い感化力があります」と医師は微笑みながら答えた。「わたしたち人間は、自分自身の状態が実際はどうであっても、小鳥だけは元気で幸せだと想像するので、恩恵を受けるのです」

わたしは頷いたが、どのように先を続けてよいのかわからなかった。しかし医師が話題を変えたので、ほっとした。

「この間のように、会話中に気まぐれになってはいけません」と彼は今、楽な姿勢になって口を開き、話している間は目を閉じていた。「もし貴方が今日、わたしから仕事に役立つことを聞き出せなかったという感情を抱いて帰られるとしたら、わたしは不満です」

「それだけの理由でここに来たわけではないのです」と本来は抱いていたはずのあの疑念の影すら見せずにわたしは答えた。

「わかっています」と医師は片目を開いて言ったので、いたずら者の顔つきとなったが、やがて再び目を閉じた。「わかっています。その内に貴方の他の理由にも話が及ぶことでしょう。でも先ずおっしゃって下さい。どんな印象をこの村、つまり村の状態など、から受けましたか」

質問の簡潔さが、わたしたちの会話の成り行きを暗示していた。で、わたしは出来るだけ十分に考慮して答えることにし、大通りの周囲の小屋々は住み心地、保存状態共に良さそうだし、住民の健康も良好そうだ、と話した。わたしの意図の一部は、この医師が一生かけて尽くした医療に敬意を表することだった――さらにまたもっとひどい苦難の有様を他所で見たことがあると示唆することでもあった。

「わたしの生涯で最良と言えるものは」と彼は聞き終わってから言った。「病気の治療が可能と思われる時代に仕事をしたことです。これを考えることがわたしの支えとなったのです。と言うのは、わたしの開業医の仕事が関係している或る部分は、貴方がここでご覧になったほどには安堵できるものではないのです。つまり恐るべき貧窮と悲惨の場所があるのです」。ここで彼は一寸言葉を切り、注意深く喉をごくりとさせた。「ところが、そういったものの存在のために不公平を非難することは出来ないのです。われわれ人類に不可避の部分なのですから。(44) それらは・・・」

わたしは言葉を遮《さえぎ》ろうとして咳払いをした。そんなに長い間続けて意見を述べていると、また咳の発作を起こすのではないかと恐れたのである。しかし医師は予定通りに話を進めるつもりで、そらされるのを拒んだ。群集を静める演説者のように空中に片手を上げて、彼は続けた。

「もう一度言いましょう。この辺りで極度に悲惨な貧困状態のまま生活している家族全体を幾つも見てきました――地下室の中では、最低限の配水管すらなく、液体の一滴、塵の一片すらことごとく道路まで運ばれなければならない。穴部屋の中では、自由市民なら人間が住むのは罪と思うような所なのに、家賃を強要され、仕事や健康を失えば手に入れることすら出来ない。わたしはこれらすべてを見てきたのです。なのに、「家」とか「働き口」とかを教えて上げられるとは滅多に感じなかったのです。貴方の研究書のために証拠が必要でしたら、場所をお知らせしますから、ご自分でご覧下さい」

非難の熱情のために医師は元来の思考の筋道を失ってしまっていたが、わたしはすぐに矯正しようとは思わなかった。代わりに、フィンチリーでの自身の経験に基づく多くの事例を彼に説明した。そこでは八、九人の子供のいる家族の幾つもが、小さく汚らしい場所に押し込まれているので、病気は避けられないものとなっているのである。話している間、医師は同意の合図を何度か送り、喉では痰が小さくぜいぜいと音を立てていた。「そこに選挙法改正(45)の根拠があるようです」と彼は遂に言った。「改善することは結構なことです。大いに結構なことです。だが貧困の果てしなさはそのままです」

「そして、先生が人類に不可避的な状態をお話になるとすると?」とわたしは彼を元の話に立ち返らせようとして言った。

「それは計り知れないほど大きな問題です」と彼は答えた。「言いたいのは、すべての重荷が除かれ、すべての不平等が解決し、すべての不公平が是正される世の中を想像してみるとしましょう——そこで人類はどんな行動をとるでしょうか。普遍的な親切の雰囲気があまねく広がるでしょうか。わたしはそうは思いません。原因がないのに大変な邪悪さと嫉妬を内にもつ人間を見て来ているのです。われわれをより良くするという名目で、重荷を課す新しい方法を何時までも考案して行くだろうことはわかっています。これがわたしの言う人類に不可避的な状態です。わたしが意味するのは、われわれが気づく不平等および悲惨は、現在存在する或る社会制度の特殊な結果というだけではなく、決して消滅することのない、われわれ自身の中の欠点の結果でもあるということです。わたしの性格には憂鬱症的なところがあり、邪悪ということについて考え込んだりしがちです。しかし、それでもなお、以上のことは、十分に考えた挙句の意見なのです」

医師がこの「大気炎」（これは医師自身の言葉で再度使うことにする──[46]）を吐き終えたとき、咳が一つ出て彼の体を震わせた。で、わたしはハンカチを取りだして彼の額を拭いてあげた。前に身を屈めなければならず、顔が近くなった。病気の臭いをまた嗅ぐだろうと予想したが、ライリー夫人が見事なことをしていた。鼻をついたのは汗臭さではなく、爽やかなレモンの香りであった。それは彼の衣服のすべてから漂ってくるように感じられた。

「何時もそのように思っていたというわけではないのです」と医師は続けたが、目は真直ぐ前を見たまま、あたかもわたしの行為には気づかないかのようにしており、非常に静かな口調だった。「若い頃はもっと人間性を信用していましたし、その気高さを見出すためには、適当な自由さえあればよいと信じていました。つまり、確かな天分に結びついた自由、それから知性の冒険を試みようとする意気込みです。ところが人生経験が、それは違うと教えてくれましたし、わたしの思考にクエーカー的な色合い(47)を施すようになりました。不安こそ常習的気分と考えるようになったのです」

「でも貴方はご自身を他の人たちに捧げて来られたではありませんか」とわたしは諫め口調になった。他人にお世辞めいたことを言うのは概してきまりの悪いものである。しかしこの場合は違った。医師は自分を正しく評価していなかったのである。(そして多分わたし自身の職業上の努力もまた序に軽んじられたと思った。)

「ああ」と医師は、言葉と単なる雑音との中間のような声を出した。「他の人たちに自分を捧げたというのは本当です。愛国心や国をより幸せにすることの名誉を感じるものでした。だがそうすることで、自分の精神の鋭利な部分が失われもしたのです」

「どういうことが、でしょう」

「理想主義。希望維持」と彼はあたかもわたしの足元に石を運び下ろすかのように、これらの言葉を言い渡し、さらに三つ目を加えた。「野心」

わたしはためらい、混乱した。つい先刻、医者の職業の未来に関してバラ色の絵を描いていた彼がこのようなことを口にするとは。本当は、そんなに困惑すべきではなかったのである。医師は自分自身の状態と一般的な状況との相違を説明しているに過ぎなかったのだ。しかしながら、今は単純明快に見えるこの点を即座に把握できないまま、ぐずぐずしているのが当然の思考状態のように思われたいと願いながら、医師を真似て窓の向こうに目をやった。羊の小さな群れが――前回の訪問の折りには気づかなかったが――スカンボやキンポウゲの間でせっせと草を食《は》んでいた。わたしの心の一部では、医師の最後の言葉に反論し、彼は患者のためにあのように精を出して働くことで、事実、野心を成就したのではないか、と告げることが理に適《かな》っているとわかっていた。また心の他の一部では、医師の言葉を受け入れてしまいたかった。そうすれば、会話の主題をもっと心底から取り扱いたいと願っているものに変えることができると思ったからである。

振り向いて医師と顔を合わせたとき、彼は澄み切った眼差しでわたしを見つめており、わたしの心の迷いのすべては消滅した。その効果は、これ以上の会話を退け、代わりにわたしが一つの夢を見るように誘導するものだった。それは、この特別な瞬間に予期したことではなかった。いまだに場違いの感を拭いきれないし、会合のもっと後の方まで、あるいは会合後まで、延期できたらよかったのにと思う。しかし、それは起こってしまったし、医師の思い出においては正直でなければならないので、今述べることにする。(48) その長いひと時の沈黙の中で、わたしは見たのだ――まるで何処からともなく――一艘の船が荒海の中を揺れながら進み、イルカは波間を跳ね回り、明けの明星が光っているのを。一人の若者が、船室の暗がりの中で生と死の間をさまよい、友人であるもう一人の若者に介護されていた。その船はその後、逆波立つ地中海の中へと針路を取り、やがて広い港に着く。それから二人は平野の道を馬車に揺られ、沼地や点在する寒村を通り、目的地に着いた。それは噴水の傍らの扉から入る狭い部屋で、天井には幾つもの頭状花がペンキで塗られていた。

続いて起こったのは、身の毛もよだつような病床のドラマ――その若者は汗でびっしょりとなった敷布の上で衰弱して行き、時には苦痛と憤りで叫び声を上げ、一方介護の友人は米の食事を運んでくる。噴水が水盤の中で絶えず音を立てており、世間の仕事に一生懸命で病人には無関心な群集の足音や囁きが、わたしに聞こえてきた。わたしはまた、夕方太陽の光が窓から消え、しばらくして再び射し込むのを見た。本当に、あの部屋の苦悩を正確に描写することは、わたしのペンの力の及ぶところではない。幻想の中で、わたしは若者の病を、まるで自分のもののように感じたのだ。彼の貧困と他者依存の屈辱、野心の挫折（と彼は思った）に由来する自分自身への無意味で不当な憤り、一人を除いて友人たちのすべてから——そして彼を一番愛したひとからも——離れるという極度の寂寥《せきりょう》。人類の苦難の歴史において、それは際立ったものである——最もむごく、最も痛ましく、最も不当なもの。まさに悲劇中の悲劇——しかしすべては、そのひと時の単一で密集度の高い絵に凝縮されていた。

密集度の高い、しかしあらゆる点で完全無欠というわけではない、と告白せざるをえない。なぜならば、わたしが説明してきたことごとくのものを見た瞬間はまた、到達すべき必然の終局を明らかにしていた。生命の灯の消滅。寝台上の死人。計り知れない、そして取り返しのつかない喪失。

ところが、それはわたしには示されなかったのだ。死の床の代わりに、危機が去って行くのをわたしは見たのである。その若者は（希望のすべてが捨て去られたはずだったが）次第に体力を取り戻し、頬には血の気が甦り、食事の皿を受け取る腕もしっかりしてくる。窓のよろい戸は広く押し開けられて春の暖かい空気が流れ込み、陽光が床に射し込んで、若者は回復の奇跡を喜び感謝する。

奇跡。まさに一秒以上は続くはずがなかった奇跡の瞥見を、わたしは許されたのだ。だがそれほど短いものであっても、このようなことを十分に想像できる自分の大胆さに驚嘆せざるをえなかった。それは入手できるすべての証拠が不可能としている出来事であった。本当に、それは不条理というものだった――あるいは、医師による誘導とわたしの受け入れの気持ちとが存在しなかったら、不条理というものであっただろう（と、わたしは驚いたことに、かなり冷静な打算から独り言をいった）。

これが、わたしの直面した難題であった。以前にはそれほど率直に自分自身にぶつけてみようとはしなかった難題である。わたしは従来から話されて来た事実を――つまり全世間が受け入れていた事実を――信じるべきであったか。あるいは、徐々に明らかになっていくように思われる証拠を信じるべきであったのか。もしわたしが或る妄想に魅せられてしまっているのかもしれないと仮定して、誰の仕業か？　嘘と煽《おだ》てで[49]結論に導いた医師か？　またはわたし自身か？　即座には解けない難題だったし、あまりにも重大過ぎるものであった。

　わたしが夢想に耽っている間中、医師は表情を変えず、ただ冷静な眼差しでわたしをじっと見つめていたのだった。今、彼はまるで寝ている子供を起こしでもするように、優しくわたしを覚醒させた。「あの言葉、野心、というあの言葉を、問いただそうとはなさらないのですか」と彼は静かに言った。

　しばらくは、何も言わずに彼を見つめていた。その間に、わたしが直前見たり考えたりしたすべてのことの残滓《ざんし》のようなものが、心の床に沈澱し始めた。ようやく返答する気持ちになった。「わかっております」と彼と同じ落ち着いた声で答えた。それからもう一度「わかっております」

　応答はなく、ただわたしの肩越しに彼は一瞥を、暖炉の火の中へ、それから上方の壁に掛けられたわれらの主宰者シェイクスピアの肖像画へと投げた。今、医師の存在に非常に感じ易くなってしまっている（あるいは間違ってそう思い込んだ）わたしは、この一瞥を、警告と激励の双方を含むものと解釈した。そこで、わたしたちの話題は、直接的でなく遠回しに、斜めに構えながら、取り扱われなくてはならないのだ、と自身に忠告した。つまり、わたしたちの話題は、ほんの僅かな物音にでも飛び立つ、茂みの中のおどおどした小鳥のようなものなのだ。

「ご親切に・・・」と、わたしは椅子で背を伸ばし、どのようにして話を進めたら一番良いのか考えながら、神経質な堅苦しさで言った。「ご親切に、この間お会いしたとき、わたしの詩についてお尋ねになりました。詩作は生涯の別の部分に属するものとみなす、と申しました。それは真実です。しかし青春期の最も深い願望は、如何ほど異なる捌《は》け口をそれに代わって見出したところで、わたしたちから完全に去ってしまうことは決してないのです。ご同意下さいますか」

先刻のお互いの沈黙の後で、わたしの声はなんとなく大きく響いた。が、医師は気にしなかった。わたしの質問を怯《ひる》まずに捕らえ、詳細な答えを与えてくれた――あたかも、すでにわたしのために練習しておいた講話を繰り返すかのような話し方を再びしながら。

「わたしは世間に役立つ人生を送って来ました。それを否定するほど卑屈にはなりません。生涯を他人への奉仕に捧げるのは、わたしが望んだことです。だが、それは、並外れたこと、とはほとんど言えないし、その意味で、わたしの青春の希望を潰すものでした。青春の夢は、非凡な人間になることだったのです。しかし、非凡であることと、他人の役に立つことと、いずれがより貴重か、誰が決められるのでしょう。そして、青春時代の業績は、後年に繰り返された場合も同じ効果を挙げると、誰が言い得ましょう。わたしたちは、一生の間に幾つかの異なる人生を生きるように運命づけられており、単一の生き方だけを続けるのは本性に悖《もと》る、ということなのかも知れません。偉大な作家たちを考えてみましょう。シェイクスピアは除くとして」――彼の目はわたしの背後の肖像画に素早く向けられた――「全人生を通じて単一の仕事に従事することの価値を証明した人は、シェイクスピア以外にはいません。ミルトンでさえ横にそれたことがあります。ワーズワスが、お話ししたいと思っているタイプの一例です」

彼はわたしを見つめたが、明らかにわたしがやがてする答えを予想していた。「どんなにワーズワスをわたしが尊敬していたかご存知ですね。すでにお話し合いしまし

「確かに。でも貴方が忠誠を誓ったのは若き日のワーズワスであり、現在われわれに説教を垂れている老練なワーズワスではありません。そうでしょう？　三十年ほど前に彼が真夜中に息絶えたとして、⑸何か失うものがあったでしょうか。彼は郵便局に全精力を傾け、そこでの作業を改善するように、と忠告されたら良かったのではありませんか。説教でわれわれを困らせるよりは」

「しかし・・・」

「いや」と医師は例の打ち消しのしぐさで再び片手を挙げた。「人類に対するワーズワスの気遣いは消えたのです。あるいは、その気遣いを表現する方法が消えたのです。読者の立場ではいずれにせよ相違はありません」

「しかし」とわたしは食い下がった。医師の周到な答えで、本筋からそらされまいと決意したのである。「ことによると、自分自身を試し、心の中を探り続けることで、彼は青春の情熱をいずれは見出すかも知れないではありませんか」

医師は顔をしかめたが、冷淡さはなく、ただ一寸口を尖らせて「ありえないでしょうね。それに、貴方がそうお尋ねになるだけで驚いています。貴方ご自身の経験が、その不可能さを貴方に暗示しているのですから」

「初めてお会いしたときに申し上げたことを繰り返させていただきます」と、少し腹立たしく感じながら言った。「わたしはワーズワスとは違います。わたしの青春時代の業績を調べると、無に等しいか、無に近いです。記憶しておいたり張り合ったりするべき彼のような業績は持ち合わせておりません。後ろ向きの懐かしさなどないのです」

「時が貴方の業績を決定するでしょう、テイバー先生」と、まるでわたしがこのきまり文句を忘れてしまっているかのように、医師は物憂げに言った。「その点はすでに同意済みでしたね」。そこで彼は再び元気を取り戻し、もっと勢い良く話し出した。「貴方がコウルリッジのことを考えて下さるようにお願いして、わたしの論点を強調することにしましょう。彼は詩的能力がワーズワスほどは続かなかった人ですが、転業によって救われたのです」

「講演とかそういったことを指していらっしゃるのでしょうか」

「芸術そのものに代わって、芸術に関する論説を公にしたことです。もう一度お尋ねします。もしそのような変更が不可能だったら、仕事を完全に止めるほうがよくはありませんか」。ここで彼は唾を飲み、声を少し低くした。「続けるよりは死んだほうがよくはありませんか」

「シェリーのことをお考えですね」

医師は頷いた。「シェリー、バーンズ、それから気の毒なジョン・クレアを考えています。彼らは生命を失うことで、わたしたちを失望させる機会も失ったので、良い詩人と思われているのではないでしょうか」

医師が話している間に二つの赤い斑点が頬に現れていた。わたしは彼の意見に驚いたが、それに見合う意見を述べる機会を逃してはいけないと思った。今わたしは、気心の知れた間柄という待望の立場に、これまでにないほど近づいていたのだ。

「キーツのことをおっしゃっていませんね」と、わたしは言ったが、医師が簡単な説明でわたしの言葉を片付けてしまうのか、それともまともに取り扱ってくれることになるのか見当がつかなかった。結局、彼の反応は予期したようなものとは全く異なっていた。聞こえたのは（聞こえたのであって見えたのではないのは、屏風の向こうに隠れていたから）、書斎の扉がさっと開き、ライリー夫人が部屋の周囲に置かれた装飾品を震わせるほどの速い足取りで入ってきたことである。わたしは前に気づいていたことを忘れていた。つまり、医師とわたしとの会話を密かに聞いているというのは、彼女の習慣であること。今彼女は、わたしたちを裁判官のような態度で眺めているのがわかった。両腕を胸の前で組み、唇をきりりと引き締め、顔は紙のように白く（ただ、そばかすは依然として点々とあった）、無言で両足の爪先を交互に上下に動かしていた。

「ライリーさん」と、医師は驚いた様子も見せない声で言った。「テイバー先生とわたしは名声の確立と存続に必要なさまざまな方法を話し合っていたのです。ジョン・キーツという興味深い例に来たところです」

ライリー夫人は軽く頷いたが、了承の印なのか憤慨の印なのかはわからなかった。わたしは彼女をじっと見た。これまでわたしたちの会話に対する彼女の妨害は、断固としたものだった。比較的控えめな立場にいるにも拘わらず、彼女はことごとくのやりとりに関して最終決定権をもっているように見えた——秘書として、看護師として、良心的人物として。今、言ってみれば、彼女はその権威を放棄して医師が独自で行った決定に協力しようとしているところ、と思われた。わたしはまるで子供が罰を受けそうなとき親に作り笑いを浮かべて見せるような具合に、彼女に笑顔を作っている自分に気づいた。たっぷり一分間、彼女は何もしないままだった。それから口元がゆるみ、組んだ両腕をほどき、部屋の隅のほうから低い椅子をもってきて、わたしの傍らに腰を下ろした。腰掛けるとき、清々《すがすが》しいレモンと洗濯糊の匂いがした——先刻、医師の側で気がついたのと同じ匂い。

「お話に加わっても、お邪魔になりませんか」と彼女は事務的に尋ねた。「もし必要な場合は、ということですが」

「勿論です」と、わたしは即座に答え過ぎ、軽率だったかと感じた。しかし医師は異議を差し挟まなかった。彼は片手を毛布からライリー夫人の方へ伸ばしたが、彼女はわざと見えない振りをしていた。「テイバー先生の言われる通りです。意見があったら述べてくれれば有り難いです」と医師は言った。

「意見などはございません。興味だけでございます」と彼女は答えた。

「なるほど」と医師はもう一度両手を腹の上で握り合わせながら言った。彼は瞬《まばた》きをし、体形を元に戻して鶸《ひわ》をちらと見（なおも鳴かないまま縮こまっていた）、それから鉢の中の金魚に注意を集中した。金魚はゆらゆらと旋回して泳いでいる間に、本来の形と大きさから丸いガラスによる歪みのため、おかしな奇形と怪物に変形し、やがて元に戻るのであった。

「わたしたちがすでに創り出していた文脈では」と医師は話し出した。「キーツの場合はことさら役に立ちます。思い出しておきましょう。キーツは約二十年前にこの世を去っているのです」

「二十三年前です」とわたしは口を挟んだが、かたわらのライリー夫人が同意と思われる身振りで頭を下げるのを感じた。

「そうですか。二十三年前ですね。しかも無視され、誹謗《ひぼう》された状態での死。それで彼は他の人たちから区別されるのです」

「お言葉ですが、ケーキ先生」とわたしは再び口を挟んだ。「無視とおっしゃるのは、事実をあまり公平に述べてはおられません」。医師が非常に良く理解しているに違いない事柄について、このように大胆に話す自分に驚いていたが、先刻の幻想の力がなおもわたしを支配し、言葉を続けるように駆り立てたのである。「キーツの死は、あらゆる点で一番悲惨なものの一つです――もっとも、彼は評論家たちによって殺されたという人たちがいると暗示なさるのは、確かに当を得てはいますが」

医師はわたしの激しい口調に立腹した様子は見せなかったが、「評論家たちによって殺された」という一句を聞いて大きな笑い声を立てた。ひどく大きな笑い声だったので、体に悪いのではないかと心配したほどである。「そう言われています。そうシェリーが言っている詩はシェリーには大いに名誉となりましたがキーツには僅かです――そして信じ易い人々は、なるほどと思ってしまったのです。でも良く考えてごらんなさい」。彼は指一本を唇に当て、すでに周囲を支配していた沈黙をなおも願っているかのようだった。「わたしたちは前に評論家たちと彼らの弊害――彼らの毒舌と愚行――について話しました。彼らは無力だという人は愚か者でしょう」。顔に触れていた手を下ろし、彼はひたむきな面持ちでライリー夫人の顔からわたしの顔へと目を動かした。「もっとも、どれほど想像力において大胆である人でも、評論家たちの攻撃に直面するさいには完全に独りでいるということはないでしょう。慰めてくれる友人とか話し相手がいるものです。キーツの場合は友情に恵まれていました——ハントとレノルズとウッドハウスとその他の人々。ハズリットもいました」——ここで医師の頭がゆっくりと左右に傾《かし》げられた——「もっともハズリットはキーツに会っているときほど親切には出版物で彼のことを書いていません。これらの人たちの意見は、キーツにとってロックハートの誹謗《ひぼう》などより、もっと貴重なものでした」

「テニスンも同じことを言うでしょう」とわたしは割って入った。というのは、医師に休みを与え体力を少し回復してもらおうという意図も一部あったためである。「つまりですね」とわたしは付け加えた。「キーツを殺したと考えられているロックハートはテニスンの命も奪おうとしたことでしょう」

「テニスンとは知り合っておりません」と医師は言い、急いで付け加えた。「ただ彼の作品は読みました。非常に良心的な詩人であり、大変美しい詩を生み出すことができます。確かにキーツに忠実であったために被害を被った時期がありました。でも現在の彼は安全だと思います。そうでしょう？　評論家たちはキーツもテニスンも殺すことなど出来ないのです。両人の唯一の違いは、テニスンは自分の収穫を自身で刈り入れるまで、生きていたということです」

医師の熱心な話をしばらく中断したのは、今度はライリー夫人だった。椅子に全く静かに座り、自分の意見を完全に理解している人間の自信をもって彼女は言った。

「キーツを殺したものがあるとすれば、それは時と病です。」

「どういうわけで彼を殺したのでしょう？」と医師は即座に尋ねたが、その口調は対等の人に向けてのものであり、二人とも十分に承知している話題を考え合っているという態度だった。「以前お互いに思い起こしていたように、キーツは人間として最小限の評判しか持たない状態で死にました――でも現在はどうでしょう？　イタリア語の彼の詩集。英語の彼の詩集。たいしたことではない、確かに。しかもほとんど注目されない。それでも何かが起こった証拠です。そのうえ」――彼は体に掛けてあった毛布を引っ張り、手のひらで撫でて平らにした――「伝記が進行中と信じてよいでしょう」(51)

医師がこう話している間、わたしは椅子の背にもたれ、できるだけ客観的に彼を観察した。そこでわたしに沸いた疑問には、適当な根拠があるとしても、それは異常に大胆な疑問だった。つまり多くの他の問いが引き続き次々に出される危険のある疑問であり、その問いのいずれもが彼を当惑させるかも知れなかったのである。しかしこのような感情が沸き起こったにせよ、彼の態度に見られる一種のからかうような無頓着さらしきもの（口元に浮かぶ薄笑い）は、わたしが彼との会話における決まり事を承知しており、彼に無理強いをすることはないのを彼が知っている印とも考えられた。言い換えれば、彼はこの伝記のことを口にすることで、不注意というよりは感謝の念を表明していたのである。伝記が存在することになる感謝と、わたしが密かにそれに賛同することへの感謝の念。

「わたし自身も色々聞いております」と自分の方がより良く知っているとの印象を与えないように気遣いながら声を落として言った。「恐らくその著者は伝記を出そうという前々からの試みの幾つかを上手に役立てていると思います」

「リチャード・モンクトン・ミルンズ」と医師はまるで果物を食べているかのよう

に、ゆっくりと言葉を味わいながら言った。「つまりホートン卿。伝記の広告を確かにご覧になったのですね。わたしたちは専門外ですし離れたところにいます。それでも広告を見たのです。そうでしょう、ライリーさん」。すると医師は眉をしかめ、暗い影がさっと彼をかすめたようだった。「勿論わたしがその本自体を目にすることはありえないでしょう。しかしその本が存在するようになるのを知るほどの興味はもっているのです。先程評論その他のことを話したとき、明白にしたかったのはそのことです。後世こそ唯一の真の審判者です。後世それからわたしたち自身が己に下す評価とが、です」

「おっしゃる通りです」とわたしは隠しようのない意気込みと、やり始めた課題を押し進めたい決意をもって言った。「でもしばらくの間、或る人が後世の立場から自分の生涯の業績を眺めることが出来ると仮定しましょう。その人はどう考えるでしょうか」

そう言ったとき、ライリー夫人が衣服を神経質に片方の手のひらで上下にこすりながら、かたわらで身を動かすのを感じたが、わたしはわざと見ないでおいた。

「どう考えるでしょうか」と医師は目をやや大きく見開いて繰り返した。

「そうですね」とわたしは食い下がった。「キーツを続けましょう。仮に彼が長く時が経ってから若い頃の成功を眺めえるとして、どう思うでしょうか」

「彼には成功などなかったのです」と医師は素早く答えた。

「そうではないのです」とわたしはわざと強情に言った。

「つまり、仮にキーツが、最初は失敗または少数読者のための珍品と判断された作品が、多くの人たちに好まれるようになるのを見るまで生きたとしたら、ということです――実際に彼の詩はそうなったのをわたしたちは見るようになっています。先生は後世が唯一の審判者とおっしゃいました。キーツの場合、真実は確かに・・・」

「お見事」と医師はわたしが言葉に詰まりでもしたかのように口を挟んだが、実際はそんなことは決してなかったのだ。「キーツは若い頃まさに名声の口の中に[52]生きることを夢見たのです――詩なしでは生きられないと信じた報酬としての名声です。その希望が実現されたならば――そう、より幸せな人間として墓に入ることができたでしょう。明白なことです」

医師の素っ気ない口調から、この話題を好んでおらず、早く終わらせてしまいたいと思っているのがわかった。ところが、自分でさえ目を見張るような反抗の気分でわたしは述べ立てたのである。

「お声の中には幾らかの疑念が感じられます。結論は、おっしゃる通り、議論の余地のないものでしょうけれども・・・」

「さて」と医師は出し抜けに言ってわたしをさえぎったのだが、その断固たる口調はそれまで気づかないものだった。もう一度彼の両手が毛布を軽くこすり、ありもしない皺を伸ばそうとしていた。ライリー夫人の動揺は、頭を医師の方へ深く傾けることで明らかだったが、疑いもなく医師の不機嫌を自分のもののように感じていた。

「大丈夫でしょうか、先生」と彼女はたまらなくなって尋ねた。

彼女の質問の効果は、彼を奮い立たせることになった。「大丈夫ですとも」と医師は先程と同じ素っ気ない声で答えた。「わたしはただテイバー先生にどう答えたら一番良いのか考えを巡らしていた、それだけです。事実を述べるのはたやすいことです。一つの心がもう一つの心の中を想像することは、半ば推量となる極めて神秘的なやり

子に座り直した。

方なのです」

「勿論でございます、先生」とライリー夫人は直ちに謙虚な態度に戻って言い、椅子に座り直した。

医師は注意深く咳払いをした。「テイバー先生、わたしの声の中に疑念が存在すると言われるのは、あまり正しくないのです。疑念というものを、この話題には感じません。むしろ畏れの気持ちです。お考え下さい。或る人が偉大な業績を挙げ、世の中に知れわたっても、報酬も称賛も得られないまま、やがては訪れるはずの成功を自分は知らずに死ぬ。これは痛ましいことではないでしょうか。だがその痛ましさは永遠の相のもとで、ただ亡霊を呼び覚ますことになるのです。成功を見るまで生き、しかもその成功を自分のものと認めようとしないでいる方がずっと大きな苦痛です」

「わたしもそれを言いたかったのです」とわたしは穏やかに言った。

「確かに」と医師は応じた。彼の顔は頭痛で悩まされているかのように暗くなっていた――そして気づいたのは、わたしが望んだ通りに、彼はまさにぎりぎりの所まで本当に来ていたのである。しかしながら、これを知って感じた喜びなり安堵なりは、彼が如何に痛々しくそこまで努力してきているかの様子を目の当たりにして、心配のあまり直ちに打ち消されて行った。「そのような状態で焦《じ》らされるのは」と彼はゆっくり続けた。「煉獄に匹敵する苦痛でしょう。正当な報いが遂にやって来たのを見る喜びは、己の無力さの気持ちで大いに損なわれるのです。つまり、自分が時の慰みものと知ることは・・・」。(53) 彼の最後の言葉は途切れがちで、やがて完全に止まってしまった。わたしは無言のまま身動きもせずに彼を見守った。

「わたしには貴方が期待するようなはっきりしたお答えは出来ません」と彼は目をそらしながら、ようやく言った。「ただこれだけは言えます。以前の自己、つまり若い時の自己、をなおも懐かしむ人にとって、不当に扱われたという知識を絶えずもつのは、耐え難いことでしょう。しかし過去と完全に決別した者にとっては、受け入れられることなのです――むしろ快い自由でさえあるのです。若くして死ななかった者は皆、われわれは幾つかの別個の生涯を生きるのだと想定しなければなりません。この場合、キーツがもし長生きしたならば、普通の人と全然違わなくなっただろうということを受け入れねばならなくなります。彼も時代に順応したことでしょうし、新しい多忙とかを歓迎したことでしょう」

「想定する？」とわたしはやはり穏やかに言ったが、この機会を失いたくないという決意には後ろめたさがあった。「または、希望する？」

医師はもじもじするのを止め、わたしを真直ぐに見つめた。彼の頬には再び赤い斑点が現れていた——興奮や健康を示す暖かい赤ではなく、悲嘆を示す冷たい赤。わたしは直ちに自分の質問が一貫してひどく執拗《しつよう》なものだったのを後悔し、即刻とり止めないと、彼の協力を全く失うことになると悟った。ところが、今度はそれ程困らせないような、違った質問をするつもりで口を開きかけたとき、彼は返答した。

「希望する、です」。言葉は短く、ほとんど溜め息のようだったが、わたしの必要とした知らせだった。わたしは微笑み、深く頷いた。

ここでライリー夫人は立ち上がり、両方の手のひらをスカートでこすってほっとしたことを示した。全く平静な様子であったが、対決場面は回避された、と信じているのがわかった。彼女が台所から軽い食べ物を直ぐにもって参りましょうと告げたとき、わたしたち三人に絡みついている慎重という網をわたしが破ることはない、と確信している印と受け取れた。わたしはお茶をいただければ嬉しいと告げ、彼女が部屋を出てしまうまで沈黙を守った。

ライリー夫人の確信は正しかった。わたしは医師にこれ以上単刀直入な質問をするつもりはなかった。質問に答えてくれないか、質問を意味不明瞭のようにみなすかになるだろうとわかっていたためである。しかし同時に、自分が間接的な話し方の達人になりつつあると考え、遠回しのやり方で会話を続ける決心をした。

「ご意見ですと」(わたしは話しながら片手の爪をいじり、自分の言葉が取るに足りないもののように思わせた)「キーツがあのように若くて死んだのは、ある意味で幸運だったのですね」

「正確には、幸運とは言えません」。ライリー夫人が一緒にいたとき、ほとんど完全に沈黙を守っていたにも拘わらず、その彼女がいなくなると医師は弁護者を失ったような感じになった。彼の声は今、前より大きく、もっと響きが良く、しかも透き通っていたので、まるで発する言葉がこだまであって実体のないもののように聞こえた。

「どんな人の死も幸運とは考えられません。それでも、キーツは天分が衰えるのを見るという不幸を免れたのは本当です。同じことをシェリーも免れましたが、ワーズワスは違ったのです」

「でもキーツの天分は衰えただろうと誰が言えるのですか。彼は詩作を続け、さらに完璧になったかも知れないではありませんか」。わたしは言葉を切り、この先どう言おうか迷った。「キーツは素晴らしい」とようやく言った。「でも弱点も多いのです」。

もし医師が、わたしの意見を叩き台と解釈したとしても、そのような素振りは見せなかった。瞬《まばた》きをすることすらしないで——多分前からその問題を何度も考えていたためであろう——彼は答えた。「キーツは弱点が多い。それは若者のもつ短所ですし、生き続ければ自然に消滅したかも知れません。しかしながら、その弱点は詩的効果の一部ではありませんか？　彼の作品から弱点を除いてしまったら、作品にとって本質的なものを取り除くことになるのです。つまり弱点は彼の作品が完全に彼の作品らしくなるのを妨げるものではないのです」

告白すると、これはあまり考えたことのない論点だったのだけれども、即座に貴重な論点とわかった。わたしは深く頷き、同意を示すだけでなく、医師が話を続けてくれるように促した。

「ここで言いたいのは、『キーツ』という名前を口にすると、特定の資質なり詩的効果なりが心に浮かぶことです。そうでしょう。描写の濃密さ、感性の充溢、官能性・・・」

「質量感」とわたしは、お題目並べに加わって続けた。「柔軟、失意、華美――だが緊迫感と燃える熱情も。目標と志の気高さ。まさに、これらのことです」

「そして、それらは青春と不可分ではないでしょうか。キーツが長生きして詩作を続けたと仮定しましょう。現存する作品から明らかなのは、年と共に彼は自分に飽き足らなくなり、新しい生き方を求めただろうということです。『ハイペリオン』という断片詩をお読みになりましたね。出版社が間違って、批評の圧力に負けて放棄した、と宣言した作品です。(54) あの詩には新しい精神が息づいていませんか」

わたしは、そうかも知れないと相槌を打ち、その詩が如何にミルトンと関わり合っているかを指摘した。それまでのキーツになかったことであり、詩行のメロディーや思想に影響を与えているのである。わたしはやや奇抜なイメージを使って、初期の詩をハープの音楽に、『ハイペリオン』をもっと厳粛で荘重なオルガンの音楽に譬《たと》えたと思う——ところが医師はこの空想の飛躍を許してくれて、話を先へと進めた。

「この声——第二のキーツ——が今までの第一のキーツとどのように比べられうるかは決められないでしょう。より偉大であったかも知れないし、反対に劣るものであったかも知れません。一つの「概念」を詩の中に入れることは、彼にとって何時も敵となるのでした。概念が感情としてはっきりしていれば別ですが。そして『ハイペリオン』は、表現するように決意された概念を土台にして創作されているのです。多分キーツはそれに相応しい文体を作り出しただろうとわたしは言いたい。でも出来なかったかも知れません」

「それは結局」とわたしはまた口を挟んだが、医師の熱意でさえぎられた。

「それは結局、ありのままでよい、と言うことです。ありのままのキーツで——弱点は多いけれども、驚異に満ちたキーツで。さもなければ、他の名前が相応しいのです」

医師は結論に達し、再び目を閉じた。わたしは恐らく彼の思い通りに、自由に彼を眺めていた。はだけたシャツから見える痩せた首、閉じてはいたがやはり神経質そうな口。てっぺんは禿げているが生姜色の髪の生えた頭。患者たちによく見かけたことだが、病気が重くなり死が近づくにつれ、彼らは子供の時の表情になる。目前の医師の場合も同じだった。年を重ねることや、そのための失望と開放感が交じり合う状態について語っていたにもかかわらず、彼は一段とはっきり若者の顔つきになったように見えた。しかしそれは、楽観性に代わって気力減退を表す若さであった。人生行路を終えたことを知る若さ。

わたしが年齢と若さの関係について考えを巡らしながら無言で座っている間に、軽い雨音が窓に響き始めた。医師にだけあまりに激しく心を集中していたので、話し合いの間に天候が変化したのに気がつかなかったのだ。周囲を見回してみると、部屋は暗くて、黄昏になったのだと確信させられた——ただ本当は雨のために過ぎず、雨が厚い幕になって牧草地を一面に覆っていたのだが。ギンバイカの葉はもううな垂れて雨に光り、羊たちは——以前はお互いから等しい距離をとって点々としていたのに—

――ぴったりと寄り合う群れと化していた。一つ一つの雨の雫が窓ガラスの上で固まり合ってはっきりとした流れとなり、やがて細い筋状になっていくのをわたしは見守ったが、その過程は魔法のようだった。

振り向いて部屋の中を見たとき、ライリー夫人はすでに姿を現しており、湯気の立つ紅茶のポットとカップをのせた漆の盆を運んでいた。わたしは直ぐに立ち上がり、医師のかたわらのテーブルの上に彼女が盆を置くのを手伝った。カチャカチャと音を立てたり紅茶を注いだりする小さな儀式が終わるまで、医師は目を閉じたままだった。彼女とわたしは一度だけ眼差しを交わしたが、彼女は一寸微笑み、話す必要のない秘密を知っている友達同士のようだった。

「先生?」ライリー夫人は紅茶半分ミルク半分という具合にカップを満たしていたが、彼のほうは数時間も眠ったかと思われる人に見られそうなはっとした表情で目を覚ました。

「ああ」と彼は言い、体を真直ぐにして、(わたしが思うには)都合の悪い折りに見つかったのを悔やんでいた。一瞬見せたきまり悪さの激しい赤面は、ありがたいことに今頬から消えて行った。「お許し下さい、テイバー先生。すぐ疲れてしまうものですから。ご訪問は・・・」

「もうお暇しなくては、先生」とわたしは言い、上着の真ん中のボタンを指でいじって、如何にも出て行きそうにした。だがそういう心遣いは、わたしが望んだ通り、無用とされた。

「いえ、いえ」と彼は言った。「病気のおかげで、一寸したうたた寝が数時間の睡眠の効果を上げるのです。話を続けましょう」。言うまでもなく、この言葉でわたしは勇気づけられた。ただ続いて起こった事件は些細なことではあるが、悲劇的な力でわたしを打ちのめしたのである。医師がライリー夫人からカップを受け取ろうとしたとき、カップの柄を掴み損ねて中身を半分は自身に、もう半分は床にどっとこぼしてしまったのだ。ミルクで冷《さ》まされていたとはいえ、紅茶はシャツを通って胸と腹を濡らしたときやはりひどく熱かった。わたしはその熱さを自分の体に感じたかのごとく思い、医師が寝椅子で体をよじったとき、跳び上がった。「おお、おお」と彼はこの上ない哀れな声で叫んだ。「おお、おお」とライリー夫人も叫び、わたしと一緒にハンカチを濡れた個所に押しあててから、着替えのためにシャツを脱がせた。

シャツの素材は柔らかい白木綿で、それまで襞《ひだ》を作って体を覆っていた。それをわたしたちが剝ぎ取ったとき、なんと巧みにそれが体の本当の形を隠していたかが、わたしにわかった。医師の胸は恐ろしく痩せこけていて、あばら骨一つ一つが露わにとび出しており、胸の中央は深くへこんでいた。彼の虚弱を示すこの証拠——今こぼした紅茶の赤茶色の染みが所々付いている——を目の当たりにして、憐憫の新たな波のうねりがわたしの頭から足先へと突き抜けた。ライリー夫人が大急ぎで清潔な衣服を取ってくる間、わたしは毛布を彼の肩まで引き上げて体を覆ってあげた。「すみません。すみません」と彼はこれまでにも増して一層子供のようになって繰り返した。それに対してわたしは、すまないのはわたしの方です、と答えられるだけだった。本当にそうだったのだから。会話の間中、わたしは話題の抽象的な魅力に取り付かれて、医師の人間的な実情を忘れてしまったのである。今その事実は、当惑に近い勢いでわたしに迫ってきた。

ライリー夫人は間もなく戻り、医師を着替えさせ、新たに注いだ紅茶のカップを彼の唇に当て（それから彼はゴクゴクと飲んで、しっかりしていることを示した）、やがてわたしたちは以前通り平静になった。しかし、すべてが元通りなったかに見えたにせよ、真実は何も元通りではなかったのである。小さいけれども決定的な一歩が踏み出されたのだ。終焉という霜を降らせる冷たい空気が、わたしたちの話の進行を無情に支配した。

「どこまで来ましたっけ」と医師は尋ねたが、その声は仕事の或る項目に結論を下さなければならないことを心得ている人にありがちなきびきびした声だった。先ほど目撃したばかりの痛ましい光景が尾を引く中で、わたしは例え異なったやり方は失礼に当たるにせよ、同じように歯切れの良い調子を取りたくはなかった。それ故に（今は傍らに腰を下ろしているライリー夫人をちらと見た後で）わたしは以前通りに打ちとけてはいても遠回しの言い方をしようと心に決めた。

「キーツのことを話していました」とわたしは言った。「そして彼の余生はどんなものになりそうか話し合っていたのです」

「ああ、そう、彼の詩に関して、ですね。」

「いえ、詩というよりは」とわたしは踏ん張った。「彼はどう生きただろうか、についてです。」

医師は明らかに先の出来事でなおも動揺しており、紅茶がこぼれた腹のあたりをそっと片手で押さえていた。「貴方自身はその答えをおもちですか」と彼は尋ね、自身の答えを考慮するための時を稼ごうとした。彼の目はわたしから窓の方へと向けられたが、窓ガラスでは雨の雫がやはり固まり合っては流れていた。「雨、雨、雨」(55)と彼は物憂げに言い足したが、きびきびした口調は突然なくなっていた。「誰かが歌を書いたら、よい題でしょうに」

「答えができました」と話の筋が失われてはいけないと思い、急いで言った。「わたしの答えは、キーツは天分が必然的に衰退していくのを感じて他の関心事に転向しただろうということです。つまり彼は医者としての職業に再び就いたことでしょう、きっと」

「必然的、と言われるのですか？」

「でも、それはすでに同意したことだと思います。ワーズワスについての話の中で」

「その通りです」と依然として心乱れた様子で医師は言った。「よろしい、では必然的とひとまず言っておきましょう。でも話を続けるとして、一片の書き物の中で或る場所の顔付きを捉えている(56)のは立派なこととお考えになりませんか。例えばこの雨と向こうのあの緑の野原。大したものではないのですけれども、個性があります。知性といってもよいかも知れません。わたしたちがワーズワスに求めるものですね？どうしてそのような個性的な作品が、書き尽くされてしまったなどと想定すべきなのでしょう」

「確かに、書き尽くされてはいません」と堂々巡りしている彼を元気付けようとして、わたしは言ったが、それはわたしの見解の目標を失いたくないためでもあった。「お言葉では、キーツが詩作を止めるなどということはありえないと思っていらっしゃるわけですね？」

彼の目は夢見るようにわたしにまた向けられた。病が彼の体の中を突風の繰り返しとなって吹き抜け、一吹き毎に音もなく彼を生の終焉近くへと少しずつ舞い上げているという印象をわたしは抱いた。活力と無気力、光と影が彼の中で競い合っており、次第に無気力と影が支配的になって行くのであった。

ようやく彼は気を引きしめ、しっかりした声で話し始めた。感情は努めて声に出さないようにしていたが、同時に毛布の上の片手を静かに握ったり開いたりすることで、心から語っていることを示した。「思うのですが」と彼は言った。「どんな人でも、如何に若くても、或る野心を心に抱き、自分の中に天分の力を感じえた以上、後にそれを全く否定するということは不可能です。そのような力は天性のものと考えられますから、それを否定するのは天性を否定することになります。それはありえません。それはありうべきではないのです。しかしながら、ことごとくの知的追求は、追求者の熱意でその現実性と価値を獲得するのです(57)――ですから仮に追求者が挫《くじ》けてしまうと、さて・・・」

「現実性が異なってきます」とわたしが答えを出した。「価値が変化します」

「それがわたしの言いたいところです。前に話し合ったことですが、人生は多くの部屋を持つ大きな館に譬《たと》えられます(58)――わたしの大好きな比喩です。キーツはその館の二番目か三番目の部屋の先は、探ったり調べたりする時も機会ももちませんでした――もし事情さえ許してくれていたならば、彼はその館の中で善と悪の軽重を比較検討するという厄介な問題からの開放を楽しんだでしょうに」

「開放とおっしゃると?」

「善と悪の軽重問題は解決されうると彼は多分感じただろうということです。無知であることによって、というのではないのです。彼自身を或る明確な目標に捧げることによるのです」

「この世の中で?」

「そうです。この世の中で」。医師は姿勢を正し、決意と共に続けた。「キーツの全人生、つまり全人生とみなされてしまうもの、は一種のプロローグで、未来の目標のための勉強と準備に捧げられました。彼の天分が残っている限り、その目標は詩でしたし、それに向かっての前進は全く当然のことでした。天分が衰えたときは――必然的に、または天分が依存していた環境が変化したために――異なった、でもそれまでと矛盾しない、目標が視野に入ってきてよいのではないでしょうか。もう一度言いますが、彼は探求心に富んだ男でした。つまり精励、勉強、思索が非常な楽しみであった人です。それでもなお、彼の詩に対する献身は、書物および書物に関する思考のみで生活している人間には何か欠けたものがある、と考えさせたのでした。青春時代には遠く離れていた部屋々々に彼が入ることがあったならば、彼自身を己の表現のためにではなく他人の幸福のために捧げることを望んだのではないでしょうか。彼の黙々とした勉強は——彼の肺や心臓が何時までも健康であったとして——それを要求したのではないでしょうか」

医師は質問で話を終えたけれども、わたしは答える必要を感じなかったし、彼も答えを期待しているようではなかった。目を閉じたまま、彼は力なく手を胸の上に置いて横たわり、ひどく浅い息づかいをしているので、眠ってしまったのかとさえ思われた。わたしの心の中の何処かには、彼を疲労困憊《ぱい》させたのはわたしだという懸念があった。しかし、ライリー夫人が長い間沈黙を守り席に座ったまま動こうとしなかったという事実は、医師は自ら望んだことをしただけであったのを示していた。彼は今一度、会話というよりは演説をする人の態度で語ったのだった——呟くような演説、囁きで終わった演説、しかしそれでもなお熟慮されたもの。そのためにわたしは信じることができた――彼の姿に認められるものは、脆弱さだけでなく達成感に近いものであると。彼は心中を打ち明けることで重荷を下ろしたかったのだ。そして今、それに満足している。

以上のことを心中に収め、次に最後の質問一組を如何に最も上手《うま》くもちだすか、わたしは考えあぐねていた。その間、部屋の周囲を見回して、様々な詳細を決して忘れないよう記憶に深く留めたいと思っている最中に、窓では雨音が弱まり、太い一筋の太陽光線が放牧地に射し込むのが見えた。すると即座に、まるで機械仕掛けになっていたかのように、鶫《つぐみ》が一羽鳴きだした。一瞬わたしは籠の中の鶸《ひわ》かと思ったが、振り返ってみると、その小鳥は相変わらず野暮ったい色の塊のままだった。鶫の鳴き声は次第に大きくなり、遂にはちょうど止んだばかりのどしゃ降り雨に似た激しさに思われた。

「鶫」。医師はあたかもわたしの心の中を読み取ったかのように、でも一寸笑い声を立てながら言った。「鶫は、わたしが間違っている、と言いにやって来たのです。鶫が風に言っているのは、自然のものは何も否定できない、と言うことです」[59]

「それは矛盾とはなりません」とわたしもやはり微笑みながら言った。「もし先生が人生の様々な部屋についておっしゃることが真実であるならば、詩が与える活力を他人の幸福を守る、もっと実用的な力に転換させることは全く自然なことでしたでしょう」。わたしは自分の言葉遣いを悔やんだ。彼の口真似をしていて重苦しい響きがあったためである。だが、わたしたちの話し合いから、興味深い最後の一滴を搾り出すのは、わたしの仕事、いや義務とすらなっていたのだ、と自分自身に言い聞かせた。後ろめたさはあったし、医師が声にはっきりと倦怠感を滲ませて答えているときには、尚更《なおさら》そうだった。わたしの質問がどれほど彼に満足感を与えていたにせよ、もうこれ以上はあまり続けられないとわたしにはわかっていた。脆弱さというものが存在していたのである——部屋全体に満ちて存在しており——一瞬一瞬をより痛ましくしていたのだ。しかし医師は今落ち着いており、自分の病状をすっかり受け入れているように見えたので、わたしが感じたのは危険性ではなく、早急に心を決めなければということであった。

同時に、彼の病状には依然として責任があった。わたしは椅子の中で一寸体を動かして言った。「すぐにお暇《いとま》いたします」

「いけません」と医師は病的と思われる微笑みを浮かべて言った。「わたしのほうが間もなくお暇しますから。貴方は残って、わたしが言ったことを憶えていて下さい」。ひどく早口に、しかも投げやりな態度で彼は喋ったので、わたしはその言葉の重みをすぐには感じなかった。実際にそれを感じたとき、わたしはこれまでにも増して激しく心の中で、暇乞いをするべきだという思いと、踏み止まるべきだという確信との間で揺れ動いた。

わたしの態度を決めてくれたのは、長い間沈黙を守っていたライリー夫人の意見だった。「もう少しここにいらしても、先生は大丈夫ですよ」と彼女は柔らかくrの音を喉に響かせて言い、それから医師の寝椅子の端に指先で優しく触れた。わたしは横から彼女を眺めていたが、彼女は医師にすべての注意を集中し、わたしを無視した。

「わかりました」とわたしは、彼らの世界に仲間入りしていながら同時にその外にいる、という奇妙な感覚を抱いて言ったが、そのために自分の言葉遣いの不器用さは一層ひどいものになってしまった。「彼の詩が世の中から消えてなくなると仮定しましょう。詩が書かれたことも忘れ去られるのですか、それとも出版されたことですか」。当然気づかれるはずのキーツという名前は、そんなにも直ぐ再度口にしたくなかった。

医師は何も言わなかった。しばらくの間彼が答えを準備しているのだと想った後、答えるつもりなど彼にはなかったことがわかった。わたしの質問を拒否する最初の例だと悟った。わたしは矛先《ほこさき》を変え、言葉を継いだ。

「では、戯曲はどうでしょう。キーツは戯曲に興味をもっていましたが?」

「ああ、戯曲」と彼は見くびるようななかば呻き声で言った。「多くの詩人が演劇で才能を浪費しました。戯曲には適していないのです」

「もし詩人がそれで成功し収入も得られたら、そうはおっしゃらないかもしれませんよ」

「そうですね。そのつもりになれば、悲劇を書いて窮乏から這い上がった数多《あまた》の詩人の名前を(60)挙げることが出来ます。でもわたしたちが話し合っている人の場合は・・・」彼は一寸口ごもり、それから続けた。「キーツは確かに戯曲、殊にシェイクスピアへの情熱を持っており、そのため彼は実際に戯曲を実験してみることになりました。まあ寛大な気持ちになって、彼は自分の性格の中に何か劇的なものの存在を意識していたと言うことにしましょう。ただ彼のその部分は、野心によってどう唆《そそのか》されようと、主要な部分ではなかったのです。その折りの必要性から刺激を受けたに過ぎないのです」

「生活の必要性と言うことですか」と今までと同じ明るい調子でわたしは尋ねた。

「生活手段の必要性、そうです。ただ彼は演劇のためにはあまりに内向的過ぎました」

「では、書簡はどうでしょう?」

「どうでしょうって?」と医師は突然つんとしたよそよそしさで尋ねた。

「書簡は出版されてよいと思います」とわたしは率直に答えた。

彼は同じ口調でわたしの言葉を繰り返した。「書簡は本当に出版されてよいと思うし、われわれはそれを読んで楽しむことでしょう。しかし、書簡というものは本当に密かに、一般読者など念頭に置かずに、書かれない限り、決してわれわれを真に喜ばせないのです。この意味で書簡は詩と異なります。詩は内と外を同時に見て、驚異を与えるのです。詩は一種のヤーヌスです(61)」

これを聞いてわたしは、医師が抽象的な文学問題に話を戻したがっているのがわかったが、それはわたしの意図するものではなかった。それ故、厚かましく単刀直入に敢えて言った。

「わかりました、先生。単純な問いをお許し下さい。先生がわたしに信じさせたのは、キーツはイギリスに帰って来たかも知れない、彼の詩的天分はなくなったかも知れない、そして彼は詩の代わりに人々の福祉のために献身した、ということです。ではなぜ彼はそれを彼自身のままでやることが出来なかったのでしょうか。なぜ身を隠したり、別名を使ったり、見知らぬ場所に引き籠もったりしたのでしょう」

「それを質問なさるということは、今まで何も理解していらっしゃらなかったということです」と医師はピシャリと言った。

この怒りはわたしに衝撃を与え、一瞬わたしを混乱させた。「いいえ、理解はしておりましたが・・・」

医師がさえぎった。「なぜなら、彼は或るものと完全に結び付けられ過ぎていたからです。つまり、詩と」

「でも・・・」とわたしはなおも落ち着きを取り戻そうとしながら話し始めた。「それでは、芸術は独自の世界に存在し、周囲の事柄とは無関係、と言うことになります。それは間違いだ、とわたしたちはすでに言いました。芸術は心身のためになる、と決めたのです」

医師はあたかも拳闘で身構えるときのように、少し両肩を丸めた。しかし彼の声は今柔らかくなり、憤りよりは憐みを示していた。「わたしの言葉をはっきりとわかっていただけなかったようです。わたしが言いたかったのは次のことです。つまり、或る業績に、自分自身に対する他人の観念を、はっきり固定させてしまった人間は、その業績が崩れることになると、異なる人にならざるをえないかも知れないのです」。物寂しい微笑が彼の顔にさっと浮かんで消えた。「貴方の質問からは、彼が名前や職業を変えたりする以上、彼の人生に何か大きな出来事があっただろう、との仄めかしが感じとられます。多分、女性とか、何か不面目さや他の厄介なこと。わたしが主張したいのは、それほど明瞭でなくても、同じように決定的な原因がありうる、と言うことです。彼が名前を変えたのは、本来の自己に絶望したためかも知れません」

医師のこの言葉の背後に存在する悲しみのずっしりとした重さを感じながら、わたしはゆっくりと頷いた。異なった気分——普段の気分と考えたい——では、同情のあまり話を中止しただろうと思った。しかし現在の、例外的で、（と、念頭におくようにしていた）末期の状態においては、強引に話を続けることにした。「わかりました。もう一組の現実的な質問をさせて下さい。わたしたちの想像力の中ではすでにそうであるように、キーツが生き続けたとして、彼の友人たちはどうなりますか。人は自分を変えられても、付き合い全体を止めることは出来ないでしょう」

わたしが話している間に、ライリー夫人は両足を一層ぴったりと揃え、彼女の赤茶色の髪の毛のわずかな乱れを室内帽の中に押し込んでいた。この控えめな動作で彼女はわたしがすでに承知していることを確認していたのである。つまり、わたしの質問は今までのうちで一番大胆なものであり、それゆえに医師を一番悲しませるに違いないことだ。彼女が何時干渉してきても当然と思った。

「その通りです」と医師はわざとゆっくりした口調で言い、一語一語を橋板の一枚一枚のように並べ下ろした。彼が敢えて渡ろうとしているその橋の下は奈落である。「それでも、必要に迫られれば、人は付き合いを大幅に変え、以前の生活から数人の代表者だけを保持し、新しい生活の神秘性を守ろうとするかも知れません。もしその数人が信頼できてしかも思慮深い人たちならば、再出発は可能となるでしょう」。また言葉が途切れ、医師は黄色っぽい舌の先で唇の周りをなめた。再び彼が話し始めたときは、もっときびきびした口調だった。「コウルリッジを考えてごらんなさい。若者として竜騎兵隊に参加したとき、彼は慣れ親しんだ生活を放棄しませんでしたか。確か竜騎兵隊だったと思いますが」

「でもコウルリッジはその生活全体を隠したりしませんでしたよ」とわたしは以前もしたことのある無作法な率直さで抗議した。ライリー夫人からひしひしと伝わってくる沈黙の感じがやりきれなかったので、わざとことさら高飛車な言い方をしたのだった。わたしには深刻な意図がないことを証明するつもりでもあったのだ。しかしながら、部屋の空気は周囲でピーンと張り詰めたのがわかり、すぐに破裂しそうに思えた。

「根本方針は同じことです」と医師が言った。逃げ道がないことを悟り、静かな声だった。

「そうです」とわたしも同じように落ち着いた口調で答えた。「キーツの例を考え続けましょう。ローマで彼の世話をしたジョセフ・セヴァンは新生活の秘密を承認することになったでしょうし、イギリス人居住地の他の人々も確かにそうだったでしょう。事実、彼らは秘密を守る以上のことに同意したでしょう。つまり彼らは騙《だま》すことを実践しなければならなかったのです」

医師は溜め息をついたが、ひどく薄い胸の膨らみはシャツの襞《ひだ》を乱さなかった。

「そういういんちきが維持されるのを想像することは容易ではありません」とわたしはお構いなしに言った。「お喋りの人たちは何時でも喋るものです。ごく小さい小石でも湖に投げ入れれば、さざ波は一番遠い岸まで達するものです」

医師はやはり小声で対応した。「ジョセフ・セヴァンはまだ生きています。知っていたことは全部まだ覚えていることでしょう。しかも彼は他の何人もの特別な友人たちの一人に過ぎないのです。キーツを深く愛した人々の中で彼ほど上手にそれを証明した人は他にいませんが」

医師のこの応答は、答えのように見えて事実は答えになっていなかったけれども、ありがたいものだった。つまりそこから示唆を得ることができたので、わたしは続けた。

「ではイギリスで彼を知っていた他の人たちはどうでしょう。レノルズ、ウッドハウス、ブラウンは？　彼の詩の出版者はどうでしょう。そしてハントは？」

医師は頭を寝椅子の背もたれに押し付け、あたかもわたしの問いに本当に怯《おび》えしり込みをしているかのようだった。両眼が見開かれると、眼球の虹彩は大きな楕円形の白目の中央で不自然なほど小さく硬いものに見えた。「憶えておかなければならないのですが」と彼は早口に言った。「キーツは友人たちの間にいても、常に気楽にしているとは限らなかったのです。社交生活では概して沈黙を守る、と彼はしばしば主張していたのです(62)――作詩しているときを除けば、たえず抑制状態で社会に生きていたとも主張しています。どうも貴方は彼の友人たちに関心がおありのようですが、彼が人間や物事に疲れうるという見解をおもちになるように勧めます。それから、日々が思索に満ちている場合のみ耐えられるし愉快でさえあると彼は考えていたという見解もおもち下さい。ほっとなさいますか」

医師の見開かれた目は今、懇願するような眼差しでわたしに向けられたので、後悔と自分に対する怒りを感じざるをえなかった。「勿論、勿論です」とわたしは言ったが、その答えは彼の心を完全には鎮めなかった。遂に止めの一発を、彼は弁護のために発射した。

「如何なる人でも世の中を憎むことはありうるのです。そして世の中とは、縁を切ってしまいたくなるのです。己の意志の翼を叩きのめしてしまう世の中とは」(63)

彼は今喘ぐような荒い息遣いをしていた。見えない一線をわたしは踏み越してしまったのだった。ライリー夫人はすっくと立ち上がり、片手でドレスをさっと払って伸ばし、医師の寝椅子の背もたれへと走り寄った。そこで医師の背後に立ち、わたしの全身を眺めた。彼女は袖口からハンカチ(赤い絹糸で綺麗な縁取りがしてあった)を取り出し医師の顔中を拭った。彼は瞼を重そうにしばし叩き、礼を言って彼女にまた席に着くように合図した。彼女は席には着かず、わたしをじっと見つめていた。彼女の目には敵意はなく壮烈な優しさとも形容すべきものがあり、あたかもわたしに憐れみを請うているかのようだった。それはわたしに話を打ち切れというのではなく、もっと気遣いが必要といっているのだと解釈した。

かなり長い沈黙の間に医師は一、二度唾を飲み込み、喉で痰の音を立てたが、やがて個人的な質問を一つした。声が震えていたが、弱っているためか感情の高まりのためかはすぐに決めかねた。

「で、彼の家族はどうなりますか」と言いながら彼はまた唾を飲み込んだ。声は話し続けているうちに徐々にしっかりしていき、明らかに、捨て身になったような怒りと屈辱感に駆り立てられていたのであった。「弟と妹です。わたしたちが考え出しているような事態の場合では、弟や妹の犠牲は計り知れないものでしょう。彼が死んだと本当に信じている家族の悲嘆を想像して、その苦しみを一言で終わらせられたのにと知ること。家族一人一人の生涯の推移を理解しながら常に彼らから身を隠し、彼らの失望や楽しみに決して関わり合おうとしないこと。完全に自分自身が局外者となって生きること・・・」彼は再び言いよどみ、目が赤くなった。「それは、いわば野蛮な精神を必要とするものではないでしょうか。つまり、残酷さです」

この突然の激情の爆発にびっくりして、わたしは口ごもった。わたし自身がまさに尋ねたかった質問を含むものだったのである。事実わたしたちの役割は今、しばらくの間変化していた。彼が質問者となり、わたしがパニックに近い混乱の中で気遣わしげな聞き手となっていた。ただ気遣わしげといっても、自分の目的をすべて放棄するほどではなかったのだ。

「しかし仮に・・・」。わたしは言葉を切り、ライリー夫人をちらと見たが、明らかに彼女は態度を決めかねて悩み、唇を噛んでいた——医師に話を続けさせるべきか、それとも制止して彼を守るべきか。「しかし仮に・・・」とわたしはもう一度言った。

「しかし仮に」と医師が言葉を受け継いだ。「しかし仮に、彼らの犠牲が価値のあるものと思われるならば、とおっしゃりたいのでしょう?」彼は頭を悲しげに前後に揺らした。「それは唯一の正当化となるでしょう。キーツの新しい人生、余生と言ってもよいと思いますが、それがもし重要とみなされ得る場合は、弟や妹の犠牲は・・・」

医師の議論は論理の厳密な輪を閉じるものだったので、繰り返しを避けては続けられなかった。わたしは再び何と言ってよいかわからなかった。彼との話し合いは後数分のみと懸念されたので、事柄の解明の如何なる機会も決して失いたくはなかったけれども。

「お許し下さい」とわたしは言い、間抜けという仮面の下に、自分の意図を隠すことにした。「しかし仮に、そのような推定を事実と受け取ることがあるとすれば、先の質問を繰り返さねばなりません。すなわち、なぜキーツは健康が回復するやいなや、またはやがては、イギリスにキーツとして帰らなかったのでしょう。そうすれば弟妹の犠牲の幾分かは避けられたでしょうに」

医師の目は石のように生気がなかった。「それは、単純な異議を唱えていらっしゃることにはなりませんよ」と彼は言った。「もし新しい人生と新しい名前が本当に彼の選択であったのならば、どんなに深い傷と誇りがその裏にあったか、問うてみる必要があるのです」

「誇り？」とわたしはまさに面食らって繰り返した。

「誇りです」と彼はまた言った。「自分の大きな野心が挫折した――望んでいたような人物になることに失敗した――と知って無残に痛みつけられた誇りです」

「先生が今説明していられるのは誇りというよりは屈辱感です」

「何とでもお呼びなさい」。医師の声は今や一段と低くなり、喉の一番奥から声を出していて、暗い憂鬱以外の如何なる気分も表現できないようだった。わたしに向かって瞬《まばた》きをしたとき、彼の目が涙でうるんでいるのがわかった。「つまり」と彼は勇敢に続けた。「われわれの最良の目標が崩れたときに起こるあの激しい内的動揺のことです。その出所や由来を示すと、内的動揺が如何に不必要であったかの感じを増すだけになりますが。言ってみれば、希望の喪失、批評家たちの不親切、貧困に由来する体力消耗、恋の苦しみ――こういったものは時が経つにつれてその重みが減ります。ところが、最初に自分に起こったときの興奮の中では、それらこそまさに生存を定義するものと思えるのです。で、数々の決断に到達するかも知れませんし、それらの決断に従って行動するのは正しいことと思えるでしょう。しかし時が経つと馬鹿げて見えて来るかも知れないわけです」

「わかりました」とわたしは、今彼の体中に漲っている悲哀を増加させることを心底からためらって言ったが、話し合いを終わらせるのも同じようにためらわれた。「この感情――この誇り、この屈辱感、それが彼に名前や住所を変える決心をさせたとしましょう。その後はどうですか。後になってそれらを以前通りに戻す機会が沢山あったのではないでしょうか。戻さなかったならば、絶えず後悔しながら余生を送ることになったでしょう。それは耐え難いことでしょう」

「耐え難い悲しみです」と医師は遂にわたしから顔を背け、ゆっくりと拳を握りながら言った。この身振りを以前にしたときは、一寸の間だけ拳を握り、すぐにまた開いたのだった。今彼は拳闘家のように拳を固く握り締めるのだった。指関節間に見える静脈が浮き立って鈍い青色をしていた。「だからこそ、誇りという言葉を使いたいのです」と彼は言った。「或る人間が本来の動機を良いもの、賢明なものと感じながら、時が経つにつれて、間違ったものとなってしまうまで生きるような場合には、誇りが一種の慰めとなります。自惚れのことを今言っているのではないのです。最初は自惚れもあったかも知れませんが、今はより優れた意味での誇りです。自己に対する信念です。一日一日が終わり、行為者の犠牲がどれほどのものであろうと、行為そのものは役に立ったという信念です」

医師が言い終えたとき、ライリー夫人はゆっくりと前屈みになり、あたかも自分の精力を彼の体に送り込むかのように、両手の指先を医師の肩に当てた。もしわたしが完全に心を奪われていなかったならば、同じことをしたであろう。はっきり言って、医師に告白させたいという自分の願望が、他のすべての心遣いを喪失させてしまっていたのである。自己弁護にはなるが、ただ付け加えると、わたしたちの会話は、より大きな善のために役立ちうると信じる理由を、医師自身がわたしに与えてくれていたのだ。

それ故に、勇気を奮ってもう一つの質問をすることにした――以前は口にすることがためらわれたし、思い浮かべるだけでも戸惑いを覚えた。それほど彼を怒らせそうなものだったのである。わたしの口が開きかけたちょうどそのとき、医師自身がわたしの心の中にあったまさにその考えを把握し、彼の感情の極度の力を示す徹底した沈着さで語り出した。

「そして仮に、自分の幸福のすべてが依存しているとキーツが感じるようになった一人のひとがいるとしましょう。そのひとを失うことをどのように想像しますか、テイバー先生。どうでしょう」。医師の動揺は今、皮膚の下の静脈と同じように、目に見えるものだったので、もうこれ以上は話し続けないだろうと思った。硬く握った彼の両手は大理石の白さとなり、両眼は、人が恐ろしい怪物や犯罪行為を見たときに示す恐怖で見開かれていた。だが、その折りには注目すべきと思われたし、現在は全く驚嘆すべきと思われる、自制または自罰の努力をしつつ彼は付け加えたのである。

「彼女が悲嘆にくれ、やがて元気を取り戻し、その後きっと他の男性と結婚して幸福になり、世界中を旅するのを、彼はただ見守るだけと想像すると、何が言えましょうか。彼が身を隠した理由が本来如何に気高いものであれ、そのような苦悩に耐えられると思いますか。公的な善に対しそのような私的な地獄の仕返しがあると信じられますか」

医師は語り終えたとき、頭を揺すり、握った両手を開いて毛布を鷲摑みにしたので、撥ね退けて立ち上がろうとするのかと思った。しかし何のために？　わたしを殴りつけるために、と思った。わたしが言ったことがその理由であるよりはむしろ、彼の内部の嵐を発散させる手段として。ライリー夫人は両方の手のひらを彼の肩から滑り下ろしてしっかり彼を抱きしめ、慰撫のためというよりは啜り泣きに近い低い歌声を立てていた。

この光景に衝撃を受けたわたしは、その原因となった自分の言動を即座に悔いたし、それは今日も同様である。「そんな女性をわたしは知りません」とすっかり怖くなってしまった声でわたしは言った。「でもおっしゃる通りです。仮にそんな女性が存在したとしても、お話のようなことは想像できません。ひどすぎます」

「ひどすぎます、ひどすぎます」と医師は鸚鵡返しに繰り返した。彼の声は甲高い一本調子の号泣に変わり、頭は再び前後に揺れて、彼自身のことも、ライリー夫人やわたしのことも忘れ去ったかのようだった。「ひどすぎます」と彼はまた言った。声に含まれている苦悶は剣の刃のようだった。決して忘れることのないものである。

「ライリーさん」とわたしはまったく慌てて立ち上がり、大声で言った。「話し合いは終わりました。わたしが不注意だったのです」

彼女は怒りにではなく、医師の声の中から聞き取った悲しみに、度を失った眼差しをさっとわたしに向けた。それからすべての注意を彼に集中した。わたしも同じだったし、心の眼では今もまた同じことをする――わたしが彼をはっきりと見つめた最後であることを想い起こしながら。彼が最後に二、三の意見を述べるためにした努力は、彼の内部の生々しく傷つき易いことごとくのものを表面化したので、彼の皮膚そのものが、薄く透明に蠟《ろう》でも塗ったかのように、光っていると思われた。唇の間でヒューヒュー音を立てている息遣いがなかったならば、そして遂に細く閉じ始めている両眼の瞼のちらちらする震えがなかったならば、彼はすでに死んでしまったとさえ思ったことだろう。しかしあの打ちひしがれたしかも執拗なほどの息遣いには疑問の余地がなかった。それはまだ充分に強く、口の端に架かる白い唾液の糸を震わせていた。

このような細部を述べることで、医師の容態に少しでも不快なものを感じたと暗に言おうとしているのではない。逆であるのだ。彼のやつれ果てた容貌を目の当たりにして、わたしはそれを心の中に永久にしまっておくことにしたのである。

ぼんやりしたままどの位経ったかわからない。恐らく二、三秒であろう。気がついたとき、ライリー夫人が何か言っていた。「貴方様はやり過ぎたのです」と彼女はなおも怒りは見せず、ただたじろぎのない厳格さで、申し渡した。「貴方様が言われる通りなのです。わたしたちはやり過ぎたのです。やり過ぎたのです」その瞬間、わたしが発した自責の言葉に対する彼女の小さな言い換えに礼を言う暇はなかった――ただざっと感謝の念が湧き、医師は伝えておきたかったことを伝えたに過ぎないのだ、と再び自分に言い聞かせた。

あるいは、あれ以来何度となくそのように自分に言い聞かせては来たが、結局完全には納得していないと言えよう。それはわたしが負わねばならない不確実の重荷となり、毎日毎日一つ一つの行動を抑圧している。医師の話――医師の意見という方がもっと正しい――を追求するあまり、わたしは医者としての責任に背いてしまったのだ。

その結果色々のことがあったが、その一つとして、医師の家での最後の瞬間は予期したものとは異なってしまった。わたしは如何に当てにならないものであっても、将来の再訪と楽しい時の約束をしながら、上品に礼儀正しく暇乞いする考えを胸に抱いていた。実際のところ、退出は突然のものとなってしまった。ライリー夫人は依然として冷静な声で話しながら（彼女のハンカチを医師の口に当て身を前屈みにしていたので聞き取りにくかったけれど）、わたしに前のように医者のガレット氏を呼んできて下さいと頼んだ。すぐにそうします、とわたしは答えたが、しばらくは側に立ったまま動かないでいた。医師をもう一度よく見て、彼に対する敬意と愛情を明確にする機会をもちたかったのである。だが、そうはいかなかった。ライリー夫人は彼の体の上に身を屈め続けていたので、彼女の肩越しに彼の顔をちらと見ることが出来ただけだったのである——凄まじいほど蒼白で、口を開けており、溺死しかかった人の顔のようだった。空気が彼を生気づけるよりは窒息させており、目はわたしの目と出会っても、わたしと認めはしなかったし、友であることはなおさらわからなかったであろう。

「テイバー先生、早くお行きください」とライリー夫人が小声で言ったので、わたしは側に歩み寄った。「ここでお待ちしておりますから、さあ早く」

「ケーキ先生」とわたしは言ったが、彼の顔には何の表情の変化もなかった。衝動的に——というのは、自分の置かれた立場以上の親密な身振りと思われたので——わたしは素早く前屈みになり、袖が実際にライリー夫人を擦《こす》ってしまったが、開いた片手を彼の額に当てた。最初の出会いの折り、彼と握手して初めて知った感覚が、今一層激しいものとなって戻ってきた。あたかも彼の頭脳自体の熱に触れたかのごとく、額の皮膚は熱い氷のようだったのである。このこともまた決して忘れることはなかろう。わたしはそれからも幾つかの言葉を発したと思うが、取るに足らないものである。わたしが部屋の扉に歩きつく前に、ライリー夫人はもう跪いて彼を両腕に抱き取り、彼の上に身を軽く伏せており、彼の腕はだらりと力なく彼女の肩の周りに巻きついていた。

医者のガレット氏の家に（出来るだけ早く）歩いて行き、彼が医師ケーキのもとに出掛けるのを見届け、その後旅籠の自分の部屋に戻りついたときには、夕刻遅すぎる頃となっていたので、村を発つ計画を立てるのは翌朝まで延ばすことにした。そのために必要な手続きを済ませ、部屋に落ち着いてから過去数時間の出来事を振り返ってみた。忙《せわ》しない通りの騒音は平穏無事のあらゆる様相を示すものであった。つまり、馬が坂を上ったり下ったりするときに立てる蹄の音、煙のように立ち昇る隣人同士の時おりの挨拶の声である。しかし、わたしが目撃した光景とわたしが抱いた感情が胸に迫り、心を落ち着けることは不可能だった。

わたしの心の動揺を一層大きいものにした原因は、然るべき暇乞いをしなかったのを意識した点にあった。本当に、急いだことにより、医師との意思疎通のすべてが依存していた脆弱な枠組みを、破壊してしまったのではないかと恐れたのである。従って、わたしたちの会合の特別に良い面を心の中に再構築しようと努めはしたが、その夕刻のわたしの仕事は、会合の最終場面を想起することに終始してしまった。最後に彼の書斎の扉を開けるためわたしが歩いて行ったとき、まるで見知らぬ人が所有する骨董品ででもあるかのように、医師の版画や書籍が目くるめく万華鏡となって過ぎて行くのを見た。扉が背後で閉まったとき、決定的な低いピシャッという音を聞いた。玄関の暗がりが蜘蛛の巣のようにわたしの顔を擦《こす》っていくのを感じ、やがてはっとする陽光の射す戸外へ出た。わたしが接近道を歩き出すと、砂利や小石が足の下でがさがさ音を立て、葉陰が目の上で泳ぐように揺れ、それから門の戸の金属の掛け金の音がした。

振り返って医師の家を見るための好機となるものはなかった——急ぐことが緊急の任務だったのだ。しかしわたしは振り返って見た。家の窓は空が映って曇り、白い建物の正面は完全に無表情だった。職業的資格でよく経験したことだが、人間の頭部を検査し、見たところは完全に健康なのに、内部には病気や精神錯乱の症状が隠されていることが知識上わかっている——それと同じことを今感じた。家は完ぺきな仮面なのであった。悲劇がその特別な部分を襲ったとき、家は大自然と同様に、それを受けつけもせず、それに乱されもしない。木々は葉を揺らし続けた。雲は空に漂っていた。小鳥や他の生き物たちは下生えの中でかさこそする営みを続けていた。彼らは少しもわたしに関心を示さなかった——わたしの思いにも、あるいはわたしが即座に果たさねばならない使いの任務にも。蝶番《ちょうつがい》のついた門の戸が煽《あお》っているままにして、わたしは半ば歩き半ば走りながら医者のガレット氏のもとへ急いだのであった。

第5章

テイバー・ケーキ公文書に含まれている最後の二つの書類は、医師ケーキの家の家政婦ライリー夫人が素朴な丸い筆跡で書いた手紙である。最初の手紙は、黒枠がつきケーキ家住所のレターヘッドもついた白い便箋一枚の両面に書かれている。日付は一八四四年九月四日、つまり医師ケーキの葬儀の十日後となっている。

親愛なるテイバー先生、

お悔やみ状と『メッセンジャー』紙用の簡潔な追悼記事を有り難うございました。記事は皆様――勿論わたくしも――から大変に感謝されました。わたくし自身他の誰よりも記事をお書きになることの難しさを理解していたつもりでございます。それが済みましたからには、他のことを考えてもよいかと存じます。

わたくしの健康が完全でないことはお気づきでいらっしゃいましょう。でもわたくしはできる限り、ケーキ先生がご親切にもお譲り下さったこの家に止まるつもりでございます。もしお仕事でウッドハム村にお越しのことがおありでしたら、わたくしの所にもお出で下さいませ。ケーキ先生は貴方様のご訪問を特にお喜びでした。わたくしも同様でございます。

かしこ

アイリーン・ライリー

二番目の手紙は同じ種類の真白い便箋に書かれてはいるが、やや皺が目立ち、ずっと以前に皺くちゃにされたのを平らに伸ばしたかのようである。日付は一八四九年十月二十二日で、医師ケーキの死後五年以上経ちライリー夫人の死ぬ一週間足らず前のことである。（彼女は一八四九年十月二十六日に死亡し、ウッドハムの聖マリア教会の墓地で医師ケーキの墓近くに埋葬された。）彼女の手紙は急いで書かれたらしく、インクはほとんど透けて見え、文字は震えていて大きな文字である。

親愛なるウィム、

これは貴方がご訪問の折りにたびたび話し合ったものの小包です。今日の午後またお出でになれば差し上げるつもりでおります。わたくしの命が長くないことは二人ともわかっていますので、決心しました。中身は貴方のものとして、どうするかは貴方がお決め下さい。

A・R・

あとがき

「まえがき」の中でわたしは、医師ケーキは自力で説明するかテイバーが見出した状態で披露されるかに任せておくと言った。しかし幾つかのはっきりした疑問——彼の思わせ振りや言い逃れおよび止むに止まれぬという感じの申し立てに関連するもの——にはまともに向かい合わねばならない。それで一番目立っている疑問から始めると、医師ケーキの物語中の事実のうち幾つがジョン・キーツの生涯の事実と一致するのか。

相当に多くである。ケーキのようにキーツは一七九五年に生まれ、ロンドン近郊の学校に学び、薬剤師のもとに弟子入りし、ガイ病院で医学の勉強を始めた。その病院では外科医ウイリアム・ルーカス二世の助手として働いた。彼は安全な――傑出さえしている――経歴をもち始めたように思われた。だが彼はその後医学修業を中断した。詩作に専念し経験を積もうという決意に基づく努力の一環として、彼は徒歩旅行――アイルランドを含む――に友人のチャールズ・ブラウンと共に出掛けた。ロンドンに帰り着くときまでに、彼はすでに肺結核の症状を示していた。次の二年間この病と闘いながら、彼の名を不朽にする詩を書いた。それらの詩は、同時代の賛美者はほとんど得られず、売れ行きもひどく悪かった。一八二〇年秋、健康を回復しようという最後の必死な試みとして、彼はイタリアに船で渡った――そして翌年の春、二十五歳でローマに没した。

そしてそれから？　それから彼の評判はゆっくりと燃え上がった。火が点《つ》いたのだ。彼の名声のめくるめくロケット的上昇である。全世界がそれを知っている――ちょうど全世界が彼の人生の悲劇的な話を知っているように。ところがテイバーは違うのだ。

彼のキーツ（ケーキ）はイタリアに船で渡るが、病から回復し「民衆の役に立つためにエトナ火山から跳び下りた」のである。(64) 彼のキーツはイギリスに戻り、医学修業を終了した。彼のキーツは古い生活や古い友人を捨てて身を隠した。彼のキーツは二度と詩を書かず、少なくとも二度と作品を出版しなかった。彼のキーツは患者たちのために自分の詩作を犠牲にしたのである。彼のキーツはやがて再び病に侵され、彼の余生を受け入れている人たちだけによって庭から家の中に運び込まれた。(65)

　テイバーがなぜケーキはキーツであると信じたかを知るのはたやすい。それは本当に驚異的な考え——センセーショナルな驚き——であるが、それ以外の魅力もまたあるのだ。キーツ夭折の哀切感はあまりに強烈なので、実際のところ彼は助かったのだという見解は、誤りを正すことに思える。あのような天才、あのような英雄的人物はまさにもっと長く生きるべきだった、とわれわれは感じる。そしてテイバーは明らかにそれが実際に可能だったと考えたのである。医者としての彼は、確かに、病気が突然しかも説明不可能なまま治る患者たち——肺結核の、あるいは、なんと癌の、患者たち——を見てきた。なぜキーツが彼らのようであってはならないのか。

しかし本当は、テイバーが何を真に信じていたかは確かめ難いのである。彼はウッドハム訪問日誌を何時か出版し、自分が発見したことで世間をあっと言わせようと思って、書き始めたらしい。その後仕事の途中のどこかで、彼は気が変わりすべてを秘密にしておくことにしたのだ。

なぜ？　彼は何を目論んだのか。幾つかの可能性がある。一つは、あの医師は結局キーツではない、と彼が決めたことによるのかも知れない。ケーキが彼自身に関して明らかにしたあらゆること――彼の信念、習慣、周囲の事情――は、キーツが生き長らえたならば語ったかも知れないものだった。それらはもっともと思われることだった。しかしそれでもなお真実とまでは言い切れなかった。すべての行為が途方もないまやかしの策略または死に行く人間の気儘な考案によるものだったのかも知れなかった。ことによると、ケーキの誘導力および話の中にちりばめられた専門的知識の断片の数々にも拘わらず、彼はただゲームを楽しんでいたのかも知れなかった。そしてテイバーは自分が書いた記録を見ているうちにそれに気づいたのかも知れない。

他方において、テイバーにはケーキを信用する理由があったのかも知れない。それは彼が見たり聞いたりした証拠に基づく理由であっただけでなく、われわれにはただ推察できるだけの、その他の理由も含むものであったのだ。書かれたこともなく今後も決して書かれるはずのないテイバーの生涯の或る側面に関連する理由である。つまり不安感や恐怖のごとき理由。そして野心。過去において彼の数少ない読者は、テイバーの詩的目標はかなり慎ましいものと想定していた。今、公文書中にある最後の手紙二通のために、その点がはっきりしなくなっている。ライリー夫人が手紙に書いていた「小包」とは何か。感傷をそそるような記念品に過ぎなかったのかも知れない――ことによると愛読書とかケーキの古典的版画の一つとか。しかしあの暖炉の傍らの光景をテイバーが描写した文章を読んだ読者は、ライリー夫人が書類の幾つかを焼かないでおいて、テイバーに譲ったのではないかと訝《いぶか》らざるをえないのだ。もし彼女がそうしたのであれば、それはどんな種類の書類だったのか。記録文あるいは詩稿？そしてもし詩稿だったのならば、ケーキのものだったのかキーツのものだったのか？疑問のもやもやがこの点まで達したとき、「それ迄の」テイバーは完全に見えなくなる。

では新しいテイバーがわれわれの前にはっきりと現れてくるのかと言うと、そうではない。一つの観点から見ると、彼は詩を愛好する善良な公僕から盗人と偽造者に変貌する。彼は息を飲むような一つの罪を犯したのである。つまりキーツが秘密にしている中年時代に書かれた詩を、テイバー自身の名前で出版したという罪である。また別の観点から考えると、彼は複雑な性格のヒーローとなる。ケーキに対する彼の愛情はあまりにも明白なものだったので、ケーキはごく親しい友人や身内の者以外のことごとくの人間に隠しておいた秘密を、テイバーには明かしたのである。このために、テイバーは褒められなければならない。そしてそれ故に、彼が『ハイペリオンおよび他の詩篇』を出版した動機に関して異なった考え方をする気にならなければならない。ケーキ——その後にライリー夫人——は若い頃の「本当の」詩篇の水準には達していないとテイバーにもわかっているキーツの晩年の詩篇を出版するように彼に依頼せんばかりの身振りを示すことで、彼を身動きの取れない状態に追い込んだのである。そして彼は失敗の重荷を自分が担うことでこの苦境を乗り切ったのだ。言い換えれば、テイバー自身の名前で詩篇を出版する決心をしたのは、着服の行為というよりは保護の一手段だったのである。

いずれの場合にせよ、テイバーはやや間抜けだと感じざるをえない。彼は決して何時までも自分のごまかしを続けたまま逃げおおせることは出来ないはずである。誰かが彼のしたことを突き止めて発表するだろう。何時もそうなるものだ。でも彼は、今までは逃げおおせたのである。わたしより前に彼の書類を調査したあらゆる人たち——医学関係の人々および詩集編者グリーン(66)のような二、三の文学畑の人間——は、キーツとの関係に気づかなかったか、その点に関しては沈黙を守ることにしたか、のいずれかであった。

そこでもう一度。もし彼らがまさに沈黙を守ることにしたというのであれば、なぜ？　推測すると、ケーキ＝キーツという見解は突拍子もない、または証拠立てられない、と彼らが考えたためであろう。いずれにしても彼らの考えは正しかったであったろう——しかしそれは重要ではないのである。重要なことは、単にケーキとキーツが同一人物であったか否かではなくて、もし同一人物であったならばどんな影響を後に残すか、である。

別な言い方をして見よう。『ハイペリオンおよび他の詩篇』が本当はキーツの作品だったと仮定すると、どれほどの損害をテイバーはその本に与えてしまったことになるのか。詩集が一八五〇年初め、つまりテイバーが死ぬ二、三週間前に出版されたとき、評論家たちは気の抜けたような賛辞でその作品を台無しにした。大部分の批評家たちはキーツに言及したが、題名や言葉遣いからすれば、ほとんど驚くに足らない。ところが、三十年あまり前に批評家たちが「過剰」を罵《ののし》った点に関して、今彼らは詩人が控え気味だと考えるのであった。つまり、血を沸かせるのに控え気味。「喘いだり滑々《すべすべ》したりするものを愉しむ」のに控え気味、と『四季評論』は言った。もしテイバーがこれらの判定を読んだならば、恐らく失望したであろう。しかし同時に彼は、「愛すべき小柄なキーツ」――若いキーツ――がその正当な評価を遂に得たのだと独り頷いたことだろう。その上、もし彼の出版の動機が、金銭目当てには由来せず、ただ寛大な精神に基づくものだったとすれば、彼の出版決意の正しさが証明されたと感じたであろう。

多分テイバーはさらにもう一つのことをも理解しただろう。つまり、もしケーキが本当にキーツであり、その仮面をあるとき取り外してキーツ自身の名前で詩集を出版したとしても、結果は結局少しも違わなかったであろう、ということを、である。勿論その当時しばらくの間は違ったであろう。新聞には驚愕のあまり息も止まりそうになったという記事が載ったであろう。探偵まがいの追跡もあったであろう。記者たちはジョセフ・セヴァンと面会するためにイタリアへ、弟のジョージを見つけ出すためにセント・ルイスへ、それぞれ派遣され、ヨーロッパ中ではファニー・ブローン（一八三三年結婚してファニー・リンドとなる）の手掛りを得ようと手を尽くしたであろう。だがその騒ぎが収まったとき、すべては同じか、ほとんど同じであっただろう。冷静な頭脳の人たちは、文学史の内容を書き直したであろう——直す必要が多くあったというわけではないが。ただ「後期のキーツ」について、後期のテイバーについてと同様のことを言ったであろう。それは「副次的なキーツ」であって「真のキーツ」ではないと。

換言すれば、テイバーは二つのこと——正反対のこと——を成し遂げたのである。ケーキとの会合の記録を出版せず、しかも自分が批判攻撃のおとりになることで、彼はキーツ物語の親しまれてきた形を無事保護したのだ。同時に、彼はケーキとの会話を書き取って保存するという労を取ったのである――何時か、ことによると、日の目を見るかも知れないと希望しながら。彼の苦境からすれば、品の良い解決法であった。それは彼が無言の目撃者であると共に不可思議なニュースの伝達者でもあることを認めさせるものとなった――今日に至っても同様である。キーツに関する限り、多義性をもつその悲劇的才能をテイバーは守り伝えている。われわれ読者に関する限り、彼はすべてのごまかしのうちで一番美しいものを奨励している。われわれもまた自分の死をうまく騙《だま》して逃れうるかもしれないという幻想を。

注

1　壁がん　像や花瓶などを置くために壁などに設けた装飾的なくぼみ。

2　『ロンドン・マガジン』　一八二〇年一月に誕生し一八二九年に廃刊となったコックニー派の雑誌。チャールズ・ラムの「エリア」の筆名によるエッセイなどを載せた。

3　カンブリア　イングランド北部の州でウイリアム・ワーズワスの故郷。

4　選挙法改正と穀物法の廃止運動　この選挙法改正により、大地主だけでなく多少の資力のある者にも広く選挙権が与えられるようになった。穀物法は穀物とくに小麦の輸出入を規制する議会立法で十四世紀以来数回（一八一五年にも）発布された。一八三六年に反対運動の組織が作られ一八四六年に廃止された。

5　コッホによる一大発見　ドイツの細菌学者ロベルト・コッホ（一八四三－一九一〇）は結核菌、コレラ菌の発見者。一八九〇年にツベルクリンを創製、以後結核診断に不可欠のものとなった。

6　「ポモーナへの賛歌」、ペネロペの物語詩、「狂乱のオルランド」　ポモーナはローマの果樹・果実の女神。ペネロペはギリシア神話中オデュッセウスの貞節な妻。「狂乱のオルランド」はアリオスト作の叙事詩（一五一六）。

7　フェルディナンド王　フェルディナンド一世（一七五一－一八二五）は一七五九年にシシリアとナポリの王となる。妻マリア・カロリーナの母国オーストリアの援助を受け専横的君主となり、公民の自由を容赦なく弾圧したため一八二〇年に革命が起こった。王は革命家とその家族を残酷に迫害した。

8　明白な事実　後述（47－48頁）の柩の蓋に名が書かれていないことを指す。

9　ロンドンの駅　リヴァプール・ストリート駅のこと（著者の説明による）。

10 玄武岩　火成岩の一つで黒または灰色。質は堅く普通柱状を成す。
11 ガリオン船　十五-十九世紀のスペインの軍船・貿易船。比喩として大きな賞品・獲物。
12 リード管　オルガンの細長い管のこと。二一～三百本ある。
13 ヨーマン　小地主、自作農。
14 最後の意思伝達、・・・メッセージ　「その名を水に書かれし者ここに眠る」というキーツの墓碑銘を指す。
15 「老水夫」　S・T・コウルリッジの「老水夫行」第一部第十三行目に、老水夫が眼光によって相手を射すくめ、相手の行動を支配する場面がある。
16 「覚え書き」　前出。34頁参照。
17 『概観』　前出。17頁と27頁参照。『田舎の貧しい人々の健康および現状の概観』のこと。
18 摂政時代　一八一一-一八二〇年。後のジョージ四世が摂政皇太子であった。ロマン主義時代の一時期。
19 フランス窓　床まである観音開きのガラス扉。庭などへ出るために開く。
20 ノウゼンカズラや蔓日日草　いずれも窓を飾るにふさわしい植物としてキーツの書簡に出てくる。金魚鉢も言及されている（妹ファニー宛、一八一九年三月十三日）。
21 chaise または chaise longue と言われる、背もたれがあり寝そべることのできる細長い椅子。
22 ドルースハウト作のお馴染みのシェイクスピアの肖像の版画　シェイクスピア作品集最初のフォリオ版（一六二三）の巻頭タイトル頁にある見慣れた銅版画の肖像。マーティン・ドルースハウト（一五七〇年頃生）はフランドルの版画家。
23 絹の飾り房　上記の版画を掛けるために、キーツの弟ジョージの妻ジョージアナが飾り房を作ってキーツに贈った。

24 ブロンズのナポレオン像・・・エオリアン・ハープ・・・鶸《ひわ》　これらのものはキーツの女友だちイザベラ・ジョーンズ夫人の居間に見られた。キーツの書簡中に出てくる（弟ジョージ夫妻宛、一八一八年十月二十四日）。

25 シェイクスピア・・・主宰者　キーツが書簡中に述べている考え（B・R・ヘイドン宛、一八一七年五月十一日）。

26 ポリー　鸚鵡《おうむ》はパロットと英語で言うためポリーという名で呼ばれがち。

27 クラレット　キーツが好んだフランス産の赤ワイン。

28 リボン人たち　一八〇八年にアイルランドに設立されたカトリック教徒の秘密組織。地主階級に反対する。組織員たちは緑色のリボンをつけた。

29 太陽の光が・・・壁に馬の形で影を映し動いている・・・消失した。　壁に映る馬の影（感覚の世界）が見られるこの個所は、ケーキの書斎がプラトンの言う「洞窟」（『国家』第七巻参照）に喩えられていることを示すのであろう。

30 人生には幾つかの部屋があって　キーツは書簡中で人生を幾つかの部屋のある邸宅に喩えている（J・H・レノルズ宛、一八一八年五月三日）。

31 大法官庁の迷路の中に失われてしまい　祖母の遺産に関するキーツ生涯の事実。次に記す弟の努力の結果解決したというのは事実ではない。

32 賢者の石　卑金属を金や銀に変えると信じられていた想像上の物質・薬剤。比喩的には永遠の生命を得るための決定的な要因を意味する。キーツの書簡参照（B・R・ヘイドン宛、一八一七年九月二八日）。

33 アポロの共通の王国　ギリシア神話のアポロは、詩と音楽と医学の神であることを暗示する。

34 五フィートほど　キーツ自身の実際の身長。

35　大気炎　r(h)odomontade. キーツが自分の偶々の癖として書簡中に述べている言葉（J・H・レノルズ宛、一八一八年七月十三日、B・R・ヘイドン宛、一八一八年十二月二十二日）。後出（144頁）。注46参照。

36　チュイレリー公園での死の場面　パリのチュイレリー公園ではフランス革命中王制反対のデモが多く見られた。一七九二年八月十日には革命派により多数の近衛兵がこの公園で虐殺された。

37　若者は・・・痩せ細る　キーツの末弟トムの病死への言及。キーツの「ナイティンゲールへの賦」第三連参照。

38　『概観』　前出。注17参照。

39　或る詩人が描写したもの　キーツの賦「秋へ」への言及。

40　今一度自覚しながら　125頁にある「物陰から・・・勿体ぶった物腰で現れ」たことへの言及。

41　前日の夕方、・・・炭色の雲・・・眺めた・・・シャクの茂み　117頁にある「炭色の雲」への言及。シャクはセリ科の野草（野生のチャーヴィル）。

42　ブリオニア　ウリ科のつる植物。

43　いずれにせよ・・・治癒的感化力　詩も医学も共に治癒的力があるというキーツの基本的信念を示す。注33参照。

44　人類に不可避の部分　人間は本来哀れな生き物で、獣と同じく災難や困難に会うように運命づけられているというのも、キーツが書簡中に述べている考え（弟ジョージ夫妻宛、一八一九年四月二十一日）。

45　選挙法改正　前出。注4参照。

46　大気炎　前出。注35参照。

47　クエーカー的色合い　キーツはクエーカー教徒をひどく禁欲的な倹約主義者と考えていたよう

だ。書簡参照（弟ジョージ夫妻宛、一八一八年十月十四日ほか）。

48 今述べること　これからテイバーが述べる病身の若者の話はこの小説の核となるもの。キーツの体験に基づく。

49 嘘と煽て　テイバーが混乱した頭でふと思ったことで、医師ケーキに関する事実ではない。

50 真夜中に息絶え　キーツの「ナイティンゲールへの賦」第六連にある句。

51 伝記が進行中　R・M・ミルンズのキーツ伝（書簡を集めそれに基づいた伝記）は一八四八年に出版された。キーツ評価のために画期的な出来事。ここでテイバーにキーツ＝ケーキという疑問が沸く。

52 名声の口の中に　キーツの書簡中にある言葉（リー・ハント宛、一八一七年五月十日）。

53 時の慰みもの　キーツの「怠惰の賦」の第六連にある言葉〈愛玩の子羊〉を想起させる。

54 出版社が間違って　キーツの一八二〇年詩集『レイミア、イザベラ、聖アグネス祭前夜ほか』の中の広告に、出版社が『エンディミオン』への酷評が原因となって「ハイペリオン」は放棄されたと書いたこと。キーツは自分が所有する同詩集中のその個所に、「これは嘘だ」とペンで記している。

55 「雨、雨、雨」　キーツは旅先（デヴォン州のティンマス）で同じように「雨、雨、雨」と書簡中に書き、雨のため意気消沈したことを伝えている（J・H・レノルズ宛、一八一八年四月十日）。

56 或る場所の顔付き・・・知性　キーツの書簡中にある言葉で湖水地方のアンブルサイド付近で山中に滝を見て言った（弟トム宛、一八一八年六月二十七日）。

57 知的追求は、追及者の熱意で・・・　キーツの書簡中にある言葉（B・ベイリー宛、一八一八年三月十三日）。

58 人生は多くの部屋を持つ大きな館　注30参照。

59　鶫《つぐみ》はわたしが間違っていると言いにやって来た・・・　キーツのソネット「つぐみが言ったこと」への言及。

60　悲劇を書いて窮乏から這い上がった　キーツの書簡中にある言葉（弟ジョージ夫妻宛、一八一九年九月十七日）。

61　詩は・・・驚異を与える。　・・・一種のヤーヌスです　前半はキーツの書簡中の言葉「詩は美しい過剰で驚異を与えるべき」をもじったもの。後半にあるヤーヌスは古代ローマの両面神。

62　社交生活では・・・沈黙を守る・・・たえず抑制状態で・・・　この辺のケーキの言葉は全てキーツの書簡からの引用（B・R・ヘイドン宛、一八一八年十二月二十二日、弟ジョージ夫妻宛、一八一八年十二月十八日）。

63　己の意志の翼を叩きのめしてしまう世の中　この印象的な言葉もキーツの書簡中にある（恋人ファニー・ブローン宛、一八一九年七月二五日）。

64　「民衆の役に立つためにエトナ火山から跳び下りた」　キーツの書簡からほとんどそのまま引用（J・H・レノルズ宛、一八一八年四月九日）。

65　庭から家の中に運び込まれた　第二章の終わりにあった出来事。106－107頁参照。

66　詩集編者グリーン　前出。19頁参照。

訳者あとがき

『創り出された医師ケーキの話』は二〇〇二年二月にロンドンのフェイバー&フェイバー社から出版された桂冠詩人Andrew Motion著 *The Invention of Dr Cake* の全訳である。出版直後の *TLS* の書評により、訳者はこの小説を知り早速取り寄せて読んでみることにした。非常に興味をそそられたのは、物語がロマン派の詩人ジョン・キーツ（一七九五―一八二一）の「余生」を想像して描いたものと分かったためである。事実、この作品の面白さは期待以上であった。（直ちに『英語青年』二〇〇三年六月号のために紹介記事を書いたので、その内容との重複はある程度避けることにする。）ファンタジーでありながら真実性を持つキーツの「余生」（仮に長生き出来た場合の）が興味深く描き出されているだけでなく、キーツの書簡および詩が実に巧みに取り込まれて物語を構成しているのに感嘆した。僅か二十五歳で夭折した詩人キーツに対して深い愛情と敬意を抱き、その伝記も表したモーション氏ならではの、新しい方法によるキーツ解説書とさえ言ってよいのではないかと思った。

もっともこの著書の楽しみかたは読者によって様々であろう。物語の背景になったエセックスの自然描写、十九世紀中葉のイングランドの農村や農民の姿、密やかではあるが疑う余地のないライリー夫人を巡るロマンス、全編を通して認められる著者のバランスとユーモアの感覚（そして礼儀正しさと茶目っ気）、折々の巧みな撞着語法などは、いずれも本書に見出される大きな魅力である。だがキーツ愛好者の場合特に感銘的なのは、小説に登場する医師ケーキ（余生におけるキーツで四十九歳に近い）と訪問者でありナレーターであるテイバー（ロンドン近郊の医師で四十一～二歳）との対話の中で話し合われるキーツ（そして時にはワーズワス）に関する諸問題が、全て詩人の本質に深くかかわる点であろう。つまり詩（人）の有用性、名声、野心、誇り、そして批評（家）の功罪ということであるが、これらはまた、モーション氏自身の問題でもあるのだ。そのために著者はこの物語を読者にとり極めて身近なものに感じさせるのに成功しているといえよう。換言すれば、モーション氏自身が抱く今日的問題意識がキーツの直面した様々な困難と絡み合い一体化して披瀝されているのである。キーツ愛好者であろうとなかろうと、本書がフィクションとして非常に面白いものであることは確かであると思うが、さらに言えば一般的な詩論、詩人論および随想録という側面においても興味尽きないものになっているのである。テイバーにはモーション氏が事実投影されており、従ってテイバー・ケーキの対話は、モーション・キーツの対話に置き換えることが出来るのである。ここにこの小説の本当の醍醐味が存在する。

アンドルー・モーションについては日本でもすでに広く知られており、紹介の必要はないかとも思われるが一応略歴を述べておこう。彼は一九五二年十月二十六日にロンドンに生まれ、オックスフォード大学でB・A・とM・A・を取得した。『詩選集一九七六－一九九七』の他、数編の詩集に加えて、フィリップ・ラーキン、ジョン・キーツ、トーマス・ウエインライトの伝記の著者でもある。さらに『現代英国詩集』や『第一次世界大戦詩集』（二〇〇三年十一月）の編者である。一九九九年以来イギリスの桂冠詩人であり、現在ロンドン大学の教授である。因みにこの小説――著者が認める唯一の自信作である小説――の舞台になっている医師ケーキの家は、モーション氏の母上が落馬事故のあと長年の療養中に、父上と少年時代の著者自身が住んでおられたエセックス州の家をモデルにしているとのことである。（このことは病床にある医師ケーキの描写と無関係ではないうえに、小説と著者との特別な結び付きを示すものである。）

昨夏この小説の訳出を申し出たとき、モーション氏は即座に快諾して下さり、以後今日に至るまで、Eメールで訳者の質問に常に快く答えて下さることにより多大の援助と支持を惜しまれなかった。詩人であるモーション氏の英文は、口語体で書かれているものの、表現の仕方が時に誠に微妙で入念、時に誠に独創的であるので、著者自身に確かめることをしなかったならば誤訳になってしまった場合もあったと思う。読み易さということと原文（大部分は十九世紀中葉の人物が書いたことになっている、やや凝った文章）への忠実性との間に折々矛盾を感じながら作成した訳文が、果たしてどれほど原文の複雑性に富んだ見事さを伝え得ているか気がかりではあるが、モーション氏のご好意に対してこの場をかりて厚く御礼申し上げたい。モーション氏の日本の読者の皆様へのご挨拶は巻頭に載せた。なお、訳者は今年七月にロンドンで著者モーション氏にお会いし、上記のケーキ家も訪問した。

最後に、本書の出版にさいして色々お世話になった南雲堂、特に原信雄氏に深い感謝の念を表します。

二〇〇四年八月

伊木　和子

訳者について

伊木和子（いき　かずこ）

東京生まれ。一九五七年東京女子大学文学部英米文学科卒業。一九六〇年米国ブリンマー大学大学院で修士号。恵泉女学園短期大学講師・助教授を経て、現在、上野学園大学教授。英詩（ロマン派）、比較文学など担当。一九六七-六九年オランダのライデン大学、一九八二-八六年ドイツのフランクフルト大学で研究に従事。
編注・著書に『キーツ書簡集』、『聖アグネス祭前夜ほか』、『キーツの世界』（以上いずれも研究社）、訳書にE・ヴァイニング『わが七十歳の記』（抄訳、『婦人之友』一九七九年に連載）などがある。

創り出された医師ケーキの話

二〇〇四年十一月二十五日　第一刷発行

訳　者　伊木和子
発行者　南雲一範
装幀者　岡孝治
発行所　株式会社南雲堂
東京都新宿区山吹町三六一　郵便番号一六二-〇八〇一
電話　東京(〇三)三二六八-二三八四
振替口座　東京　〇〇一六〇-〇-四六八六三
ファクシミリ　(〇三)三二六〇-五四二五
印刷所　壮光舎印刷株式会社
製本所　長山製本

〈1B-294〉〈検印廃止〉

ISBN4-523-29294-9　C 3098

ジョージ・ハーバート詩集〈教会〉
G・ハーバート
鬼塚敬一訳
物質文明に倦み、神を求めてあえぐ現代人の心に強く訴えかけてくる「教会」の全訳。
6371円

キーツのオードの世界
藤田真治
キーツの詩業の中で至高の作品と言われる五つのオードを通して、詩人の詩魂の展開を探る。
2620円

フォーク・ソングのアメリカ
ゆで玉子を産むニワトリ
ウェルズ恵子
ナンセンスとユーモア、愛と残酷。アメリカ大衆社会の欲望や感傷が見えてくる。
3990円

＊定価は税込価格です。